AF143633

L'ultime tentation

De

Louis Couperin

Philippe Spieser

L'ultime tentation de Louis Couperin

Roman

Édition : BoD – Books on Demand, info@bod.fr.

Impression : BoD – Books on Demand, In de Tarpen 42, Norderstedt (Allemagne) ».2024

Impression à la demande.

ISBN   978-2 322 50 75 42

Dépôt légal : Mars 2024

REMERCIEMENTS

À Alain Dulot.

À Xavier C.

À Pascal Bertry, honnête homme qui se dit organiste, claveciniste et épinettiste amateur (un jugement de goût, non de niveau), a écrit une biographie de Louis Couperin, musicien, à partir de rares informations fiables.

Elle constitue la matière première de ce qui reste un roman et n'existerait pas sans elle. Qu'il soit ici profondément remercié.

1

Paris, 31 août 1661

Cher Maître, cher Louis,

Tout est accompli. Ou presque tout. C'est le début de la fin. La fin ? Le début d'autre chose, en tout cas. On va procéder dans l'heure à l'ensevelissement de votre enveloppe terrestre dans un caveau de l'Église Saint-Gervais et Saint-Protais. Votre humble cercueil attend déjà, drapé de noir. Des hautes bougies qui atteignent à mi-hauteur de l'étroite nef s'élèvent d'épaisses fumées charbonneuses dans le tremblement de leurs flammes incertaines. L'assistance est une assemblée d'ombres murmurantes qui ne manqueront pas de se taire lorsque l'office funèbre débutera. Quelques éventails de dentelle sont agités par des mains gantées, luttant contre une chaleur que la nef de l'église atténue à peine. Auriez-vous été inspiré, dans une de vos œuvres, par ce colloque de spectres si vous en aviez été le spectateur ? J'en doute, votre musique, intellectuelle et sensible, ne s'est jamais attachée à décrire des paysages ou des situations précises, elle n'en avait pas besoin. Vous reposerez, pour l'éternité, au pied de l'orgue que vous avez tenu plus de huit ans, exactement depuis le 9 avril 1653, vous n'aviez que vingt-sept ans. C'était une journée d'un printemps triomphant pour la nature, le soleil était déjà inhabituellement chaud, et pour vous-même, rayonnant de la joie ressentie devant une ambition pleinement satisfaite. J'en fus le témoin attendri. Votre contrat vous chargeait de tenir l'imposant instrument durant douze ans. La Mort, ignominieuse à considérer ce que vous pouviez encore composer et interpréter, en a décidé autrement. Quoi qu'il en soit, que valent traités, arrangements ou promesses pour elle ? Les notaires et les hommes d'Église ne sont pas barrages bien solides contre cette invincible boue qu'est la Mort. Elle a interrompu cruellement votre accord avec le sévère chapitre de la paroisse la plus noble, la plus recherchée et la plus aristocratique de Paris. Proche du Louvre, elle jouxte la résidence et la personne du Roi, en reçoit la première ses commandements et ses bontés. Feu Louis XIII y consacra même solennellement le royaume à la Vierge. Il est donc impératif de s'y presser, de s'y montrer, on n'ose dire *d'aller s'y faire voir*.

Je ne vous ai pas revu depuis de longues semaines, à l'époque où votre maladie s'était déchainée après vous avoir assiégé avec sournoiserie, sans bruit, ce qui explique son triomphe. Je n'ai pu vous dire adieu avant votre passage sur l'autre rive. De toutes façons, vous ne teniez pas à des retrouvailles en des circonstances qui eussent été pénibles pour nous deux. Votre pudeur vous interdisait de vous présenter rabougri, diminué, menu, tremblant (sans délicatesse, on a évoqué devant moi votre état pitoyable), sauf à des gens pour qui vous n'étiez qu'un corps pantelant source de possibles revenus – artisan, médecin ou prêtre. Je n'ai écouté que quelques mots d'une description qui me parut indécente. De votre côté, vous saviez que je passais des auditions destinées à assurer mon avenir d'organiste ou de musicien de cour au service d'un prince ou mieux, d'un mécène, puisqu'ils sont notoirement moins avares. Elles me tenaient éloigné de vous et même de Paris, vous ne vouliez en aucun cas constituer un détour perturbant sur mon chemin déjà passablement semé d'embûches.

Je l'avoue, et ne voyez là aucun égoïsme ou manque de charité, je ne suis pas mécontent de ce rendez-vous manqué. Je n'aurais pas supporté le spectacle de votre effondrement physique, j'en avais chassé par avance les images dégradantes. Je me suis seulement demandé douloureusement ce qu'étaient devenus sous les coups de boutoir du mal votre visage austère, au dessin si régulier, osseux et dur, semblable à celui du défunt Louis XIII, votre face toujours concentrée que n'ont pas déparée un maigre collier de barbe et une moustache à peine esquissée sous un nez discret, vos yeux légèrement voilés par des paupières un brin affaissées qui laissaient cependant passer la lumière questionneuse de l'intelligence, vos fins cheveux noirs cascadant sur d'étroites épaules légèrement tombantes. Et votre corps, a-t-il gonflé ou est-il au contraire amaigri, conséquence des dysenteries et des humeurs méphitiques fréquentes de nos jours dans des villes embarrassées de bêtes, de gens sales et galeux parce que misérables, d'ordures ? La capitale de notre malheureux pays n'est pas le moindre de ces effrayants cloaques.

Je ne sais pas quelle a été la cause réelle de votre grand départ, si brusque qu'il a intrigué bien des gens. Le diagnostic n'a plus d'importance, il est toujours question d'humeurs, de fluides mauvais, de bubons. Il vous appartient ainsi qu'à votre médecin, s'il a été capable d'en porter un qui ait été pertinent. Dieu merci, la maladie vous a épargné son meilleur ennemi, le chirurgien barbier, qui, lui, a le droit de hacher, trancher, cautériser parfois et faire souffrir sans guérir avant de contribuer grandement à faire mourir. Hypothèse absurde : sceptique à l'égard de la Faculté et surtout de ses plus sanglants bras armés, vous l'auriez sans doute chassé avant qu'il ne prépare ses instruments.

La déréliction de votre état physique a été à l'image des rudesses du temps. La *crise de l'avènement*, cette période ainsi baptisée parce qu'elle débuta par la prise de pouvoir de Louis majeur, encore inexpérimenté et émancipé de sa mère brutalement congédiée de son Conseil et durant laquelle il a endossé avec une vigueur inattendue ses habits de prince oint par Dieu, a été terrible. Elle a été accompagnée d'un cortège sinistre de malheurs, de disettes, de fièvres fatales, d'embolies de toute sorte, ainsi, pour faire bonne mesure, que des pluies incessantes qui ont détruit les récoltes, ruiné les paysans avant de les tuer, augmenté la cherté de la vie et la colère du peuple. Les rongeurs furent affamés, partant, agressifs et impavides. Ils ne craignaient plus ni les hommes ni surtout les chats.

Je ne compte pas pour rien dans ce chaos la fronde des Parlements et des princes de sang contre le jeune souverain rendu responsable de tout, chiens mordant la main nourricière. Les conséquences du dérèglement des saisons sur nos vies quotidiennes - cherté et rareté des biens et de la nourriture ou manque de paysans - deviennent inévitablement des enjeux dans les joutes politiques lorsque ces dernières s'aiguisent au point d'apporter un climat de guerre civile. Commencer son règne tel un pharaon novice combattant les sept plaies d'Egypte laissait augurer des jours tourmentés. Bien des esprits crédules ont vu dans ces catastrophes un mauvais présage et ces funestes événements fragilisaient dangereusement le trône adolescent, dans les cœurs et les têtes.

Le jeune Louis Le Quatorzième s'en est opportunément ému, compatissant aux peines de ses sujets meurtris « avec une désolation difficile à exprimer » comme il l'a écrit lui-même dans une adresse largement diffusée dans les paroisses. Il a montré alors une sincérité et une compassion que personne n'a pu contester mais qui n'étaient dues qu'à son jeune âge. Le pouvoir endurcit vite, aujourd'hui, je gage qu'il enverrait sans doute plutôt ses troupes que ses condoléances. Depuis le peu de temps où il règne sans partage, il a déjà prouvé son goût pour la guerre… Vous avez vécu ces tristes moments avec stoïcisme, jusqu'à faire preuve d'une grande générosité, vous vous êtes dépris de beaucoup de choses. J'en ai reçu plusieurs témoignages émouvants, notamment de ceux qui sont allés vous rendre visite et sont repartis, qui avec une partition, qui avec un peu de nourriture, qui avec un vêtement, tout ce que vous avez jugé superflu ou inutile à moyen terme. Sont-ils venus par pure sympathie à votre endroit, craignant de manquer de vous revoir avant qu'il soit trop tard ? N'était-ce pas également une assurance que certains s'offraient à peu de frais ? Ils ont ainsi payé une sorte de tribut à Dieu dans l'espoir conscient ou inconscient qu'Il les épargnera encore un peu, en remerciement de leur dernière visite si charitable à l'une de ses pauvres créatures. De leur part, un acte de miséricorde, de bonté et évidemment de prudent calcul.

2

J'écris aujourd'hui une missive posthume qui ne vous est donc pas destinée. Vous l'auriez reçue, vous l'auriez laissée probablement sans réponse : Dieu, maintenant, ne vous autoriserait pas à réagir, même si vous le souhaitiez. Mon affirmation est purement gratuite : des permissions de sortie, Il n'en a jamais donné jusqu'ici à quiconque. Autrement cela se saurait, on ne resterait pas dans cet inconnaissable sur lequel tant de têtes pensantes se sont cognées et se cognent encore. Dieu serait-il lui-même une hypothèse inutile ? J'ose écrire cette question, certain de n'être lu que par ceux qui se pencheront sur mon legs après ma mort si je n'ai pas décidé entretemps de détruire tout ce que j'aurais commis, lettres, documents, missives - en dehors de ma musique, bien sûr.

Laissez-moi donc partager avec vous un monologue épistolaire dont vous aurez connaissance, quelque part, ailleurs, qui sait ? Il faut avoir la foi, dit-on, accepter le saut dans l'inconnu qui constitue ce pari hasardeux proposé par Blaise Pascal. J'évoque ici un philosophe que vous avez lu et relu, avec passion et à qui vous avez rendu des visites au sujet desquelles vous êtes resté étrangement assez peu disert, sauf lors de rares confidences copieuses et véhémentes que vous me fîtes il y a peu. J'en suis donc réduit à des conjectures - un mot qu'il aimait bien. Justement, vous vous êtes contenté d'évoquer ses travaux en probabilités, en arithmétique et en géométrie, en soutenant que, pour le peu que vous en avez compris, vous y aviez trouvé une parenté esthétique et intellectuelle avec la musique. Contemplant un instant la voûte de l'église qui va vous abriter, avec ses ogives multiples qui s'entrecroisent comme si de gigantesques compas les avaient creusés et modelés dans la pierre blonde, je me dis à votre suite que l'architecture, elle aussi, s'écrit en courbes calculables.

Puisque vous nous avez quittés, sauf indication relative au lieu où vous vous tiendrez, cette lettre m'est adressée, à l'exclusion de tout autre destinataire. Alors, qu'est-ce qui justifie la peine de l'écrire ? D'abord, elle vaut simplement examen de conscience qu'un pécheur ferait sans l'intermédiaire d'un prêtre et soumettrait à son propre jugement, en attendant celui de Dieu. Mettre ses idées en ordre, faire le bilan de la journée, toujours chercher à savoir si on a commis le mal ou fait un peu de bien, comprendre le pourquoi des choses avant de s'en remettre au Créateur dont on finit toujours par invoquer le nom, qui servira de réponse commode après quelques « pourquoi ? », n'est-ce pas ce que les bons pères nous ont enseigné ? Les hommes devraient systématiquement s'adonner à ce nettoyage de l'âme et de l'esprit s'ils veulent encore mériter la présomption d'être d'essence divine. Ensuite, j'ai cependant une idée s'agissant de l'avenir du texte présent : il est des pays proches où l'édition de livres, y compris de pamphlets et de suppliques, ne subit pas la lourde police de notre beau pays.

Alors, pourquoi perdre du temps à rédiger cette missive posthume qui n'aura jamais de lecteur ? Le chapitre de l'église Saint-Gervais et Saint-Protais m'a sollicité par lettre, en janvier dernier, afin de vérifier bien « des détails de votre passé, mineurs ou non, il nous appartiendra d'en décider », et qui ne seraient pas parvenus à sa connaissance. Si la Parque n'avait coupé le fil ténu de votre existence, vous auriez été en état de les confirmer ou de les infirmer devant lui de vive voix. Physiquement, il adopte d'ailleurs, en ces occasions, une gênante configuration de tribunal, l'impétrant ou le suspect d'un côté, les juges de l'autre. Vous auriez été à même de le faire par écrit, avec votre plume si précise quoique vous préfériez les notes aux lettres. C'est trop tard. Dès cette époque, les membres du conseil étaient convaincus que vous vous trouviez sur cette crête vertigineuse nommée le plus souvent d'une expression latine, *in articulo mortis*. Elle est rarement traduite et pour cause : nous sommes superstitieux et la mort ne peut se dire en termes francs et clairs sans que l'on ait le sentiment effrayant de la convoquer.

Le chapitre a eu raison de surseoir à toute injonction à comparaître devant lui. Ce fut beaucoup moins un geste de bonté ou de mansuétude à votre endroit qu'une question d'emploi du temps pour ces hommes très occupés. En tout cas, l'échéance ultime s'est rapprochée plus rapidement que ce qu'il attendait et que ce que je craignais. J'ai trouvé surprenante et pour tout dire très

15

inamicale cette demande émanant des religieux en responsabilité de notre illustre paroisse, des chrétiens normalement prompts à pardonner, réfractaires par construction à la rancune et aux calomnies. Je n'en connais toujours pas la véritable raison de fond. Ils ont simplement laissé filtrer le reproche de votre discrétion excessive à leurs yeux inquisiteurs : « On ne sait rien de lui, de sa vie personnelle, de ses pensées de toute nature, de sa loyauté à tout ce qui nous fonde, de sa foi profonde, de son attachement à la Sainte Église », ce qui est effectivement un grief qui vaut péché mortel aux yeux de personnes qui prétendent s'occuper par le menu de nos âmes et de leur salut. Quel projet, s'agissant de vos restes spirituels, ont-ils en tête ? Souhaitent-ils vous accuser et si oui, de quoi ? Est-ce pour instruire à votre endroit je ne sais quel procès en béatification ou en sorcellerie, deux inculpations plus proches qu'on ne croit ? Que veulent-ils faire des informations que je pourrais leur fournir ? Ont-ils l'intention de vous élever une statue ou, au contraire, effacer jusqu'à votre mémoire ? Mystère.

Inquiet, je me suis alors proposé avec tant de fermeté de mener à bien cette investigation, montrant un désir si insistant d'en contrôler les moyens et les conclusions que j'ai finalement été choisi puis confirmé comme seul enquêteur par ces dignes ecclésiastiques. Je n'avais, il est vrai, pas beaucoup de concurrents pour ce pensum. Au fond de moi, ces juges de nos consciences, je les crois retors, sinon fourbes. Ils me semblent être de ces hommes qui posent des questions captieuses, en en connaissant *in petto* les réponses ou, au besoin, en les inventant avec tant de précision qu'elles paraissent vraisemblables. Ils finissent par se convaincre eux-mêmes de leurs mensonges et des produits de leur imagination. Ils savent faire l'âne pour avoir le foin des soupçons, des actes d'accusation, des procédures à suivre et des condamnations à appliquer. Si j'ai donc revendiqué haut et fort ce mandat délicat, c'est parce que j'ai considéré sans modestie que moi, Eustache Devernois, j'étais votre meilleur et plus fidèle élève en la discipline où vous, Louis Couperin, avez excellé, la musique et l'habileté à maîtriser un clavier. Je me suis aussi prévalu, sans vanité, d'avoir bénéficié de votre amitié suffisamment forte pour que j'aie pu vous connaître un peu et suffisamment distante pour qu'elle ne nuise pas au jugement que je pouvais porter sur vous. La tâche d'enquêter m'incombait donc naturellement, ai-je argumenté, car je l'accomplirais avec la rigueur et l'honnêteté que, de notoriété publique, j'ai mises à vous servir.

3

Dans la vaste nef, j'ai repéré quelques personnes de qualité, au premier rang, sur le premier banc, séparé de celui des membres de la famille par l'allée centrale. Elles ne sont pas nombreuses mais bien en Cour, au moins dans le second cercle des gens attachés directement à Louis XIV. Devons-nous cet intérêt surprenant et tardif eu égard aux circonstances - car vous avez été honoré puis oublié - pour vous et votre œuvre d'abord à la volonté du jeune Roi, libéré des choix et des goûts artistiques discutables – munificents et opulents - de feu monsieur le Cardinal Mazarin ? L'homme d'Église, l'Italien gourmé, solennel, cauteleux, parfumé comme une princesse ne jurait que par ce qui avait franchi les Alpes pour venir le rejoindre, marquises, comtesses et courtisanes en premier, ensuite artistes, œuvres, compositeurs, le reste étant à jeter. Après tout, réaliser l'inventaire des richesses du territoire et recenser leurs créateurs est une tâche noble et utile au royaume. La France demeure, en matière d'art et de culture, une terre de promission. Il faut avec diligence en identifier les pionniers, les protagonistes et les prosélytes, qui disposent tous de beaucoup d'argent. La machine complexe gouvernant la production de richesses serait relancée. Accessoirement, le trésor royal et nos finances publiques, augmentées des recettes inhérentes à ce travail, s'en trouveraient un peu moins mal.

Alors, s'agissant de la sombre lumière venue des sacristies dans laquelle vous êtes désormais exposé malgré vous, j'ai une intuition - une conclusion précoce - dont je considère que votre décès ne l'a rendue ni obsolète ni vaine. Nous devons tout, tout le temps, à la Vérité et à la Mort, qui ne constitue jamais une excuse valable, ne saurait arrêter sa recherche. Nous la devons à l'esprit de justice des vivants et à la mémoire des disparus.

Il semble que nous soyons entrés dans une période favorable à bien des disciplines artistiques. Elle a commencé symboliquement avec les débuts de votre office à Saint-Gervais et Saint-Protais en 1653. Car c'est cette année-là, le 23 février, une date restée dans les mémoires, que Louis, Quatorzième du nom, à peine âgé de quinze ans, a dansé pour la première fois dans le *Ballet Royal de la Nuit*. Il apparut vêtu, recouvert même, d'un incroyable costume qu'on eût dit confectionné d'or, du fil de ce même métal cousant de petites pièces de tissu délicat trempé dans une teinture d'un jaune éclatant issue du tournesol, cette plante introduite récemment dans nos contrées depuis le Nouveau Monde. Il était, à tous les sens du mot, éblouissant, dans l'éclat de sa jeunesse, un demi-dieu tout en muscles et déjà formé, ce qu'il laissait deviner avec une certaine impudeur. Il s'avança, tel l'astre levant, rayonnant de majesté parmi les courtisans soudain conquis par son aplomb et sa

19

grâce, certains oubliant que quelques temps auparavant, ils l'eussent conspué ou pis...

C'est Lully, encore presqu'inconnu à l'époque et dont personne n'a su comment il était parvenu à parler à son oreille, qui lui avait suggéré d'apparaître en Apollon dans toute sa gloire avec ce déguisement solaire. Derrière le jeune monarque, sur scène, on aperçut alors l'autre Italien. Et c'est encore lui que l'on voit depuis lors, en toute occasion, maître de tous les divertissements de la Cour. Il est désormais l'ordonnateur de tous les plaisirs de la noblesse, chef de tous les orchestres et musiciens du royaume, ministre et directeur général de la Musique, de la Danse et Ballets, concepteur attitré et exclusif de leurs livrets, ce qui fait de lui le prince des comédies-ballets. Que personne d'ailleurs ne s'avise de lui contester ce rôle, le malheureux en subirait les funestes conséquences, il disparaîtrait aussitôt des conversations et des lieux qui comptent, le musicien-directeur a du pouvoir.

Vous aviez été frappé comme beaucoup de la magnificence des atours du roi. Cependant, vous ne fûtes pas étonné d'apprendre que les fils du métal précieux avaient été dévidés par un homme qui avait suscité votre profonde admiration lorsque vous l'aviez croisé : l'orfèvre officiel du monarque, François Roberday, votre exact contemporain. Je vous ai soupçonné de nourrir à l'endroit de cet homme doté de tous les dons d'une légère jalousie réprimée mais malgré tout perceptible. À l'évocation de son nom, de minuscules soupirs, des yeux levés vers le ciel, une contraction discrète de la mâchoire, aucune manifestation corporelle trahissant vos sentiments profonds ne m'a échappé. Ce qui causait votre exaspération et vous laissait pantois était que le joaillier graveur réalisait l'exploit d'être en même temps, remarquable organiste et compositeur d'œuvres pour le roi des instruments, lui qui fut même près de devenir alors l'instrumentiste du roi. Artisan et artiste, doté de mains capables de sertir, de poinçonner, de tailler, de sculpter, de coudre, de glisser sur un clavier, d'articuler des doigts dotés d'une autonomie parfaite, il excellait dans les deux activités qu'il est si difficile de concilier, labeur quotidien et discret d'une part, vie mondaine, virtuosité ostentatoire et parfois tapageuse d'autre part. Il dut cependant se contenter d'être titulaire de l'instrument de Notre Dame des Victoires – c'était *bien mais pouvait mieux faire*, pour reprendre les termes de nos maîtres en humanités. Il logea d'abord à la galerie du Louvre, là où les meilleurs de leurs corporations ont droit à leurs échoppes en dur et sont ainsi autorisés à résider dans les étages au-dessus. En effet, il travaillait à la perfection le métal précieux.

Roberday se décida ensuite pour une bâtisse que vous avez jugée prétentieuse et plus dispendieuse encore, sise aux Tuileries. Déçu par plusieurs revers de fortune dont il ne révéla rien mais qui l'affectèrent au plus haut point, orgueilleux à un degré extrême, secret, d'esprit torturé, ayant tout gagné, tout perdu et tout vendu, il s'est totalement retiré du monde depuis deux ans. Nul ne sut où il s'était terré, nul ne sait aujourd'hui ce qu'il est devenu, s'il est même encore de ce monde.

Devant moi, vous avez évoqué sa personne haute en couleurs et douée en tout, en regrettant son silence et sa disparition inexpliqués. Vous avez envié, cette fois sans aucune jalousie mal placée puisqu'elle aurait touché l'argent et non les aptitudes, la fulgurante diffusion de ses œuvres. Elles furent imprimées à cinq cents exemplaires et écoulées en totalité, en un an, depuis août 1660 précisément. Cinq cents exemplaires, un chiffre considérable, jamais constaté dans notre profession, non pas tant pour les revenus procurés mais parce que cette propagation a visé à de louables intentions pédagogiques qui vous ont toujours animé et dont vous ne soupçonniez pas qu'elles étaient demandées avec tant de force : douze *Fugues et Caprices dédiés aux amateurs*, le mot désigne le sentiment, non le difficile niveau d'exécution requis. Votre *Gigue en ré* lui a même fourni le thème de sa huitième fugue.

Jeune maître déjà imité, qui s'occupa de votre instruction, repéra vos dons, favorisa votre élévation ?

À tout seigneur tout honneur. Il faut rendre hommage au père de notre monarque actuel. Louis XIII fut en effet un actif promoteur des arts, un mécène que vous avez du reste fortuitement rencontré très peu de temps avant sa mort et sans qui rien n'aurait été possible en musique au royaume de France. Vous aviez alors quinze ans seulement et faisiez vos premières armes de claviériste, sur épinette ou sur clavecin. Quand il était très jeune, petit garçon agité, puis adolescent, courant et sautant partout comme un cabri, il se dépensait en dansant, comme son fils aujourd'hui, en plus désordonné cependant. Bourrées, sarabandes, branles, gaillardes, il connaissait toutes les danses, toutes lui plaisaient.

Au début de son règne ou plutôt de celui de sa Régente de mère, le ballet fut le seul divertissement de cour qui retint son attention. Avec un plaisir trouble qui inquiéta un peu les princes (ou bien, au contraire, les réjouit secrètement), Louis XIII se travestissait, couvert de pierreries, de satins et de plumes, pour s'exhiber dans les ballets dont sa mère raffolait. En février 1608, la chronique l'atteste et vous me l'avez montrée, il apparut dans le *Ballet des Falots* devant un parterre d'admirateurs parfois ironiques et parfois atterrés, déguisé en fille alors qu'il avait déjà sept ans. Il se déhanchait, affectait des manières gênantes avec ses bras et ses jambes, envoyant force œillades à plusieurs jolies dames. Très ému, Henri IV, en père attendri, naïf ou aveugle, versa même quelques larmes.

Puis tout rentra dans l'ordre, et la cour respira. Le prince endossa en même temps la toge virile et l'uniforme des rois. Pour exercer son corps et l'endurcir, à la danse il préféra enfin la chasse à courre et la lutte avec ses proches compagnons. On assista à des corps à corps sans merci, quoique non dénués d'une certaine tendresse. Le fils de l'ex-roi de Navarre devint homme, il se maria, fit taire ainsi les ragots. La politique, qui fait parfois bien les choses grâce à des hommes avisés et cupides, trouva son épouse Anne d'Autriche. Il imita ses prédécesseurs en s'attachant une maîtresse, l'intelligente Marie de Hautefort, hautaine demoiselle de compagnie de sa femme. Quant à la fille de l'Empereur du Saint

23

Empire, elle était l'Europe à elle toute seule, mélange destiné à éviter les détonations, belle Espagnole, Portugaise et Autrichienne tout ensemble. Elle avait été choisie par des diplomates, fut aimée du roi par éclipses qui se raréfièrent vite, haïe par lui parfois, maladroite et prude, à la beauté si vite fanée. Quant à la dame du Sud-ouest, elle se contenta du rôle effacé de chaste égérie d'un souverain timide et secoué de crises mystiques qui l'éloignait de sa couche et de sa tendresse, comme lui-même s'était écarté de celles de sa femme. L'héritier du trône se fit donc très longtemps attendre. Ce fut à l'intention de la Périgourdine qu'il écrivit Amaryllis, une belle chanson à quatre voix que vous n'avez pas manqué d'entendre, peut-être de chanter, quoique ce répertoire soit fort éloigné de vos goûts.

Son appétence pour la musique s'éveilla un peu plus tard, bien qu'il jouât du luth dès ses trois ans. Il aima cet instrument par- dessus tous les autres, puisqu'il l'avait surnommé *roi des instruments* et imposé à sa Cour, lui consacrant des cycles de concerts privés devant une assemblée choisie parmi des amateurs comme lui. Elle était constituée de gens passionnés dont beaucoup étaient loin d'avoir les quatre quartiers de noblesse requis pour demeurer auprès de sa Majesté. Le souverain composait, souvent la nuit dit-on, avec adresse sinon génie. Il faut imaginer Louis insomniaque, ses devoirs d'État consciencieusement accomplis, à la lueur de quelques chandelles, dans le Louvre désert, trempant sa plume dans un encrier aussi opaque que les pensées qui le traversaient et le torturaient, le regard perdu dans un monde déjà céleste, dans un ailleurs où aucun de ses sujets ne pouvait le suivre, coucher sur le papier strié de lignes horizontales des notes formées de minuscules pattes de mouche, des notes qu'il entendait, car elles étaient pour lui des sons en devenir, d'abord des chansons, puis des pièces spirituelles, enfin, le temps passant, la mort s'approchant à pas comptés, des messes et de tristes motets.

Son talent alla même un peu plus loin, faisant de lui le véritable régisseur général des distractions du royaume. En 1635, Louis XIII créa non seulement la musique, mais encore le livret et les costumes du *Ballet de la Merlaison ou Ballet de la chasse au merle*, dansé par lui-même la même année à Chantilly et à Royaumont. Il fonda une institution qui faillit vous être chère, les *Vingt-Quatre violons du Roi*, puisque vous manquâtes d'en faire partie nonobstant votre jeune âge. Le monarque veillait en personne au recrutement de ses instrumentistes et de ses chantres, s'entoura des meilleurs compositeurs du royaume, dont lui-même - un Roi n'est jamais si bien servi que par sa propre Majesté. Il faisait interpréter ses airs de Cour en petit comité par ses musiciens de La *Chambre du Roi*. À partir de 1630, à vingt-neuf ans seulement, il délaissa la danse, question d'articulations déjà douloureuses, de muscles raidis à force d'exercices et plus encore de rejet progressif de ce qui éloignait du Ciel auquel il vouait désormais largement son existence : quoiqu'elle élève les corps, elle n'est pas considérée comme élançant les âmes par nos évêques, curés et autres bons pères. Une explication plus prosaïque a été révélée par la suite : les diarrhées et les fièvres, qui allaient le gêner même pendant les premières campagnes militaires qui devaient se prolonger si longtemps et ruiner tant de pays, avaient débuté.

Cependant la musique l'accompagna jusqu'à la fin. Son agonie fut digne du dernier cercle de l'enfer de Dante : il exhalait des odeurs qui allaient parfois jusqu'à faire défaillir de solides gaillards, son corps était une exposition de plaies remplies de toutes les humeurs possibles, la bouche, totalement édentée, était noire et exhalait des miasmes épouvantables. Le 24 avril 1643, anéanti par les coliques et les vomissements, il trouva pourtant la force de dîner frugalement en public et d'improviser « un petit concert d'airs religieux », accompagné des valets violonistes et gambistes de sa garde-robe choisis à dessein pour leurs talents multiples et contre la présence desquels les nobles courtisans ne protestèrent pas. Où trouva-t-il cette énergie de dernière instance ? La mort, amie du silence et du repos, respectueuse de son courage et de sa passion pour les arts, attendit donc poliment le 14 mai suivant avant de le prendre en douceur.

Si on observe les dons de Louis XIV, on peut poser l'hypothèse que l'art de Terpsichore est transmissible de père en fils au sein de la famille royale par ordre de primogéniture mâle. À considérer le souverain actuel, on peut en effet affirmer que Dieu ne se contente pas de laisser se perpétuer exclusivement les tares des princes : heureusement, il rend parfois héréditaires leurs qualités. Le nouveau souverain doit en partie son goût de la danse et son intérêt pour les arts en général à son père. Le prince de vingt-trois ans, durant ses années de formation, a dansé près de deux heures chaque jour en compagnie de maîtres de ballet et aurait pu prétendre à exercer cette discipline en professionnel tant ses progrès avaient été considérables. Il dut renoncer à la scène : sur un trône, un métier moins sérieux l'attendait.

Votre respect pour ces deux majestés n'était-elle pas la conséquence de ce qu'elles sont les membres d'une dynastie, à l'image de vous-même ? Cependant, vous fûtes toujours attentif à faire la différence entre les lignées constituées par la chance d'une filiation heureuse, la grâce d'une naissance chanceuse et celles issues de l'effort et du travail, plus méritantes. On est Roi parce qu'on naît Roi, parce qu'on a reçu le don d'une filiation illustre, tandis qu'on est artiste parce qu'on a œuvré durement pour le devenir. Vous avez même osé une opposition dont, plus tard, j'ai identifié l'inspirateur :

-Eustache, il y a deux sortes de grandeurs, les grandeurs naturelles et les grandeurs d'établissement. De par votre naissance même, vous n'aurez jamais le choix entre les deux… Cultivez la vôtre.

Vous vous êtes arrêté là. Vous m'avez tenu ce propos séditieux, un soir, à voix basse et les dents serrées, lorsque la confiance s'était fermement établie entre nous - le genre de confidence qui vaut enfermement au fort de Pignerol. L'esprit critique ne vous a jamais quitté, vous reconnaissiez cependant que les deux rois ont montré leur ardeur au travail de monarque et d'artiste.

4

Ce n'est pas l'éclatante musique de Lully qui nous a poussés au recueillement lorsque, après l'introït fourni par le Dies Irae, vos restes mortels ont été amenés dans la crypte de Saint-Gervais et Saint-Protais. Il avait été décidé par l'abbé Jacques Sachot, un homme d'une bonté rare, en charge de l'église et que vous avez tant apprécié, de suivre le rituel classique et obligé de la messe des morts - *Dies Irae, Lacrimosa, Pie Jesus, Offertoire, Sanctus, Agnus Dei.* On dit que certains hommes d'Eglise, pressés ou incroyants en leur for intérieur, ne respectent même plus cet ordonnancement traditionnel, sautant allègrement l'une ou l'autre des parties au gré de leur humeur ou de leurs obligations mondaines. Tout se perd, décidément.

Cependant, je soupçonne qu'il entrait dans ce respect scrupuleux de la liturgie et de son ordre la volonté de permettre à tous les instrumentistes qui le souhaitaient, ceux qui interprétaient tant les compositeurs vivants qui vous appréciaient que les morts que vous aimiez, de faire preuve simultanément de leur talent et de leur affection. On a donc commencé par entendre des compositions d'Etienne Moulinié, de Guillaume

Bouzignac, de Jehan Titelouze qui a quitté ce monde il y a déjà presque trente ans, mais surtout des *Lamentations,* des fragments de *Messes* de Jacques Champion de Chambonnières et d'œuvres de Jean Henry d'Anglebert, toutes pièces à l'élaboration desquelles vous avez assisté ou peut-être directement contribué.

L'étroite nef, entre les pièces de musique, ne bruissait plus que de rares sanglots. Les plus discrets émanaient des poitrines de vos jeunes sœurs Anne, Elisabeth et Marie, toutes trois d'excellente réputation à tous égards. La mort semble, hélas, vouloir vous réunir avec cette dernière très bientôt. Elle tient à peine debout, toute force vitale, tout énergie paraît l'avoir désertée, son visage est de cette pâleur qui attire les médecins et les curés impécunieux attirés par la perspective d'un enterrement rentable. Vous ne lui avez pas assez joué de votre musique, si je m'en tiens à ce que vous lui avez déclaré un jour. Malade, souriante, elle avait affirmé avoir été grandement soulagée après que vous l'avez charmée de quelques-unes de vos pièces :

\-   Chère Marie, la musique est le meilleur des *pensements* », épelant avec soin le mot et en riant vous-même de votre plaisanterie, une rare occurrence.

Vos jeux de mots ont toujours prouvé votre esprit qui a toujours exclu la méchanceté et l'ironie amère.

Vos petits frères, François et surtout ce Charles si jeune (il est dans l'éclat de ses vingt-trois ans, à peine

29

moins que moi) étaient visiblement touchés mais plus calmes et silencieux, ainsi qu'il sied aux afflictions sincères et profondes. Comme ils ont partagé avec Marie le grand logement de la rue du Pourtour Saint-Gervais qui vous avait été affecté d'office, et ce depuis sept ans, vous avez appris à bien vous connaître les uns les autres. On gage que vous vous aimez tous fraternellement sans quoi votre cohabitation n'aurait pu durer aussi longtemps, elle est souvent pénible au sein d'une même famille. Preuve supplémentaire de votre bonne entente, vous les avez établis en tant qu'exécuteurs testamentaires et héritiers, il y a quelques mois, lorsque vous avez senti que votre âme allait s'envoler sans attendre. À l'exception de la pauvre Marie, ils sont tous sains et moralement charpentés, paraissent équilibrés sur tous les plans. La tristesse que l'on a vue parfois sur leurs visages, celle que j'ai souvent aperçue au fond de votre œil et à la commissure de vos lèvres est-elle due aussi au souvenir de la mort prématurée de deux autres garçons, Mathurin et Denis ? Ils auront tous besoin de courage pour affronter les épreuves de sélection des meilleures charges d'instrumentistes, puisqu'ils sont tous voués à la carrière d'artiste.

Quoi qu'il en soit, on dit que Charles est d'ores et déjà pressenti pour prendre votre succession. Son habileté reconnue à l'orgue et son nom rendu célèbre grâce à vous-même lui procureront un avantage décisif dans la compétition qui ne manquera pas de l'opposer à des prétendants à votre succession.

La musique a été plus forte que les sanglots, les membres de votre famille sont parvenus à chanter un Lamento. Jolies voix, justes, sans les vibratos qui déparent et avec les discrets tremblements qui siéent. Rien de trop. Je suis parvenu à les entendre, à distinguer chacune des voix, au milieu du chœur de ceux qui vous pleuraient. Sans doute mon acuité auditive vient-elle de ma familiarité avec tout ce qui est polyphonique, que j'ai choisi d'étudier et de pratiquer, contrairement à vous. J'aurai à revenir sur ce point délicat dans mes conclusions destinées au chapitre de l'église.

Vos frères et sœurs ont-ils reçu la même éducation musicale que vous-même ? D'ailleurs, en avez-vous reçu une qui ait été approfondie ? Il y a bien des mystères dans votre passé, une histoire que je n'ai jamais voulu connaître jusqu'ici, ayant conservé certaines pudeurs. Mais en cette occasion, je me devais de creuser et de comprendre. Votre père Charles et votre mère Marie se présentaient encore publiquement et tout à la fois en tant que *praticiens, marchands et musiciens*. Le premier terme se réfère aux hommes de justice, surtout des clercs, sans que l'on sache cependant quelle profession précise est ainsi visée, le deuxième à une activité de négoce sans que l'on apprenne quel produit fait l'objet d'échanges, le troisième à la pratique d'un instrument indéterminé à un niveau d'exécution inconnu. On ne sort de l'incertitude, voulue ou subie, qu'à son détriment.

Soyons justes et peut-être un peu cruels. Votre mère savait son solfège, a pu vous donner quelques leçons de cordes pincées, frottées ou frappées quand vous n'étiez qu'un bambin qu'elle tenait sur son giron mais elle s'est d'abord dévouée à ce que nos coutumes et nos lois attendent du beau sexe. Élever les enfants, leur donner à manger, leur inculquer les rudiments de la religion, enseigner aux filles à devenir des dames en insistant sur l'art de la couture et du crochet, s'occuper de donner à tous le viatique nécessaire à une harmonieuse insertion dans le monde. Si l'amour maternel ne vous a jamais manqué, votre éducation et plus encore le creuset de vos émotions, celles qui proviennent du cœur pour y revenir après avoir été détournées par la tête, vous les devez à votre père. Blaise Pascal, à qui je reviens encore, était lui aussi d'abord enfant de son père, à qui le liait un attachement rare où entraient admiration, amour, respect, complicité scientifique et intellectuelle, comme il en fit l'aveu à vous et à d'autres. Ce parallélisme des formes de vos éducations et de vos instructions respectives explique-t-il l'excellence des rapports que vous avez entretenus avec le génie protéiforme ?

Des documents que vous m'avez montrés lorsque vous avez postulé à votre charge établissent clairement qu'à l'âge de dix-neuf ans, en 1645, vous êtes encore officiellement clerc à Chaumes-en-Brie puis, un an plus tard, à Beauvoir-en-Brie. Vous avez peu après renoncé au destin d'obscur tabellion dans la campagne profonde au profit de musicien aux qualités largement appréciées. En effet, le manuscrit d'une de vos fugues porte de votre main la mention du lieu de sa composition, Paris. Cette signature prouvait ainsi que vos capacités n'étaient pas connues que de vos proches, que votre renom commençait à s'étendre. Hélas, il n'a jamais beaucoup débordé au-delà de la Seine depuis lors – il est certain que vous n'avez rien fait pour que l'on vous reconnaisse, dans la capitale ou ailleurs, vous n'avez jamais cherché la reconnaissance pour elle-même. Vous avez été parfois négligent, je vous ai vu souvent manifester du « caractère » sans attribut, ce qui n'est rien d'autre que du mauvais caractère.

Qui vous blâmerait de ce choix de vie, artiste plutôt que plumitif ? Vous sentiez sans doute que la basoche n'était pas faite pour vous et que vous n'étiez pas fait pour elle. Pour être clerc, il faut savoir lire, écrire et compter, des aptitudes à quoi un grand nombre de personnes peuvent parvenir, grâce à l'argent de leurs ascendants ; en revanche, être claveciniste et compositeur n'est pas donné à tout le monde. Ces compétences nécessitent de grandes qualités d'assiduité auprès d'excellents maîtres. On ne peut courir plusieurs lièvres à la fois, et la France a besoin d'artistes et d'instrumentistes, fussent-ils seulement passables, pour lui faire oublier les malheurs causés par les juristes et les gens de finance. Ceux-ci conduisent presque toujours une déplorable politique et exercent un médiocre gouvernement du royaume, écrasant le pauvre peuple sous le poids insensé des textes et des taxes qui sont leur unique production, l'imagination n'étant pas leur fort.

Vos premiers maîtres furent votre père et votre grand-père. Bon chien chasse de race. L'argument proverbial serait léger si on ne savait par des témoignages irréfutables que ce sont bien eux qui vous ont enseigné des rudiments de musique suffisamment solides pour qu'à vingt ans, vous fussiez capable de tenir un rang honorable devant des professionnels réputés et redoutés.

Votre grand-père Mathurin n'était que *Joueur d'instrument* à Tournan. Son fils Charles, monsieur votre père, a progressé dans la stricte hiérarchie des instrumentistes, ayant en effet été reconnu *Maître joueur*. Une preuve supplémentaire de cette élévation fut fournie par le recensement de ses instruments dont on prit connaissance à sa mort puisqu'ils auraient dû, dans un premier temps, être mis à l'encan : trois basses de viole, trois dessus de viole, une taille et une basse de hautbois, deux flûtes, deux mandolines, et deux *posches*, ces étranges petits violons précieux que l'on garde à l'abri des chocs, dans des poches rembourrées. On les tient précautionneusement sur son ventre, le contenant désignant le contenu. Toute cette collection pourtant d'un amateur, ou qui se prétendait tel, eût ravi de nombreux professionnels de ces instruments ou d'insensibles marchands d'antiques ; heureusement, les fils étaient présents, et se refusèrent d'un commun accord à disperser un si beau patrimoine …

Votre père Charles s'est cursivement présenté à moi peu de temps avant sa mort il y a sept ans, précisément comme *Joueur d'instruments*. Votre mère Marie, comme de nombreuses femmes ayant donné de nombreux enfants à leur mari un peu aisé, est restée discrète, se contentant d'être une épouse et une mère avisée, silencieuse et efficace. Je pense que c'est donc principalement le joueur qui s'est chargé de votre formation sur les claviers et sur les cordes. Fut-il votre seul professeur, avec son propre père ? Quoi qu'il en soit, je suis stupéfait de l'étendue des aptitudes qui vous ont été enseignées par vos ascendants.

Un prêtre organiste, que l'église de Chaumes-en-Brie a mentionné dans le registre de ses directeurs de chapitre, le père Lalouette, nonobstant son nom aptonyme prédestiné à faire de vous un remarquable chanteur, n'a pas pu vous transmettre son art bien longtemps. Il est mort alors que vous n'aviez pas sept ans, un âge minimal pour commencer à pratiquer un instrument, sauf rarissime exception. Malgré leur bonne volonté, Charles et Mathurin Couperin n'eussent pas suffi à vous porter à l'Empyrée des instrumentistes où vous vous teniez et que vous avez quitté, il y a trois jours, pour en rejoindre l'Elysée.

Il vient d'être question pour la seconde fois de Chaumes-en-Brie où vous êtes né. Je m'y suis rendu il y a déjà quelque temps et sans vous le dire. Chacun ses secrets. Il est fascinant de mesurer à quel point les paysages qui ont entouré l'enfance et les années de formation d'un artiste ont pu influencer voire déterminer ses productions picturales ou musicales.

Cet humble village qui vous a vu naître n'est pas de nature à inspirer de grandes fresques lyriques. Il est presque aussi crotté que l'évêché de Luçon cher à feu le Cardinal de Richelieu. Perdu au milieu de forêts sombres de hêtres et d'ormes, entouré de grandes prairies que les vaches elles-mêmes, malgré l'herbe abondante, hésitent à occuper tout l'année (l'hiver y est rude), caché non loin de Provins, une ville de foire assidument dédiée au commerce et à l'argent et qui n'a pas de temps pour d'autres distractions, le village de Chaumes semble voué à une bonace éternelle où les fracas du monde ne sont plus que des murmures et des chuchotements dans lesquels un musicien un peu sensible trouvera son inspiration gorgée inévitablement de mélancolie.

5

Je sais quelqu'un qui, lui, vous a réellement mis le pied à l'étrier. Personne n'ignore le rôle qu'il a joué, une aide dont vous ne vous êtes du reste jamais caché. Naturellement, dans le cadre de l'enquête qui m'a été dévolue, j'ai consulté le « très brillant, très habile et très virtuose » Jacques Champion de Chambonnières – c'est ainsi qu'il aime qu'on le présente. Dans sa conversation avec moi, ses mimiques impérieuses et ses assertions catégoriques ont confirmé une réputation bien établie de personnage doué pour susciter des controverses et des passions adverses…

Il avait de qui tenir, étant, lui aussi, de bon lignage, pour ce qui est de la musique tout au moins. Car pour le reste, il était un peu relâché à l'aune de la morale commune qui loue la modestie, l'équanimité, la tempérance, la retenue, la générosité. Vous en avez convenu devant moi tout en soulignant qu'il avait, à votre égard, fait preuve de ces vertus, ce qui vous interdisait moralement de le critiquer. Les artistes se contredisent parfois avec éclat et se moquent de l'image contrastée qu'ils laissent à leurs fréquentations – parents, amis, élèves.

Vous savez mieux que moi que, petit-fils de Thomas Champion de la Chapelle, épinettiste rien de moins que de trois rois, Henri II, Charles IX et Henri III, il est aussi fils de Jacques Champion de La Chapelle, lequel avait également hérité de la charge de claveciniste et organiste du Roi – deux dynasties héréditaires indifférentes sinon hostiles aux prétendants roturiers. En digne dépositaire des qualités de ses ascendants, Jacques reçut lui-même toutes ces survivances de son propre père. Ce faisant, il suscita la colère de ceux qui, d'égale force et capacités, pouvaient le concurrencer et le battre aux épreuves de sélection, brisant alors la chaîne d'une race qu'il imaginait disposer d'un titre héréditaire à jouer la musique que le monarque régnant voulait entendre. Sa mère n'était autre qu'Anne Chatriot de Chambonnières, elle aussi de pieuse et aristocratique lignée, ce qui rend fantaisiste et odieux le procès en usurpation de noblesse intenté à l'époque par des jaloux que vous avez vaillamment combattus par la voix et même un peu par la plume – on a les armes que l'on peut, vous n'étiez pas querelleur et guère habile à l'épée.

Tous ceux qui vous ont approché connaissent, de votre bouche, les circonstances de votre première rencontre avec ce noble authentique qui vous transmit son noble art. Vous vous êtes si souvent étendu sur cette occurrence qui fut une belle opportunité, un tremplin pour votre carrière dont vous n'avez jamais cessé de remercier le sévère promoteur.

Avec vos deux jeunes frères, François et Charles, vous lui aviez offert une aubade, le jour de la Saint-

Jacques, un 25 juillet donc, bien abreuvé de soleil cette année-là, en 1646, un millésime exceptionnel bienvenu - beaucoup de soleil et de la chaleur, promesses de fleurs, de vin et de blé - au milieu d'une suite de saisons pluvieuses et froides. À quarante-quatre ans, Champion était depuis longtemps musicien du Roi, Louis XIII lui-même l'avait élevé à cette dignité. Ce rehaussement n'était pas surprenant car le défunt souverain, en chasseur émérite, savait débusquer les vrais talents militaires, politiques et artistiques aussi bien que le gros gibier, sangliers ou cerfs.

Champion de Chambonnières était un puissant courtisan, déjà recru d'honneurs et de charges. Cette situation impliquait qu'on ne faisait pas sa connaissance, surtout avec des intentions intéressées, sur un coup de dés, en lui tapant familièrement sur l'épaule ou en l'interpellant avec désinvolture, au débotté, après un concert chez une personne de qualité ou auprès du roi.

Vous l'avez rencontré à la suite d'une habile manœuvre, vous en stratège, vos frères en complices. C'était au Plessis-Feu-Aussoux, un village proche de votre propre lieu de naissance, Chaumes-en-Brie, deux bourgs trop éloignés de Paris pour qu'on puisse s'y rendre aisément et trop proches pour qu'on puisse échapper à sa dévorante attraction. Il logeait au village, dans une propriété appartenant à sa femme, devant prendre part à une fête familiale à laquelle des paysans étaient également conviés, ce qui n'enthousiasmait sans doute pas outre mesure ce grand hobereau dédaigneux et méprisant à l'égard de qui n'était pas de son monde.

Vous l'avez appris, vous avez provoqué votre chance. Pourquoi en veut-on toujours aux artistes d'avoir de la jugeotte et de montrer des aptitudes aux calculs pusillanimes mais efficaces, celles que l'on pardonne aux banquiers ?

À Champion de Chambonnières, ce jour-là, laquelle ou lesquelles de vos compositions avez-vous joué afin d'attirer son attention ? Avez-vous aussi exécuté ses propres compositions pour le flatter ? Sur quels instruments ? Disposiez-vous d'un bon violon ? D'une bonne épinette, légère et qui ne se désaccorde pas trop aisément ? Avez-vous aussi chanté ? Combien étiez-vous à lui donner concert ? Vous trois seulement ou une bonne dizaine de bons amateurs ? François, qui n'avait que quatorze ans à cette époque, excellait déjà au clavecin. Avait-il pris dès ce jeune âge la mauvaise habitude d'accompagner ses leçons, après quelques cascades d'accords, de rasades goulues de vins capiteux qui, d'après des médisants qui ne calomnient pas tout le temps, ont affaibli son jeu, quand il est encore en état de jouer ? Bientôt, il ne retrouvera pas ses mains…

Comment cette visite qui était tout à la fois une confrontation et un examen de passage s'est-elle réellement passée ? Je réclame de connaître ces détails pour mon seul attachement à votre personne et à la seule exactitude. Mes mandants de Saint-Gervais et Saint-Protais, eux, n'y trouveront aucun intérêt. Ils ne s'y arrêteront pas alors que ces petits riens de votre passé constituent l'essentiel, à mes yeux, pour bien cerner les circonstances, les lieux, les êtres mêmes qui vous ont approché, avec leurs secrets avouables ou non. C'est pourquoi je veux savoir et je saurai, bien qu'il soit trop tard pour que je les recueille de votre bouche même...

Il fait un temps estival, la chaleur est supportable grâce à une brise bienfaisante. Une tonnelle installée au beau milieu d'un parc abrite une joyeuse tablée que le maître de maison préside avec un détachement hautain. On sert des mets délicats – du faisan, du cerf, accompagné de confitures - et des vins fins, des Clos de Vougeot. Chambonnières s'enquiert pour la forme de l'identité de ces jeunes artistes qui, sans vergogne, se sont installés tout près, sous la généreuse frondaison d'un imposant chêne. Vous commencez, vos frères enchaînent. Soudain, il cesse d'entendre afin d'écouter. Tout d'abord surpris, il est ensuite charmé, enfin conquis. Il cesse de prendre part active à la fête à laquelle il assistait, amphitryon maintenant indifférent à ses invités et à leurs vains propos, consacrant toute son attention à vous et surtout à votre musique. Impérieusement, en vous hélant, il vous convie à sa table. Lorsque vous vous approchez et que vous distinguez mieux ce visage jamais illuminé par la grâce d'un sourire, au regard noir et dur, encadré d'épais cheveux gris, (au moins sont-ce les siens, peut-être par avarice, car les perruques étaient déjà chères…) vous comprenez qu'il ne vous invite pas mais qu'il vous convoque. Il vous offre le couvert, d'un geste qui vous fait comprendre toutefois qu'il ne faudra pas s'attarder sur les nourritures terrestres et vite passer à celles de l'esprit.

Alors, vous jouez, seul et pour lui seul, car il a été stupéfait par la qualité de vos compositions et vous en a redemandé expressément l'exécution. Souvent, son verre de vin reste à mi-hauteur sur le chemin de ses lèvres ou reste reposé sur la table, la cuiller à plat devant lui. Il en oublie de se rincer les doigts, dresse l'oreille et se dresse un peu sur ses ergots. C'est qu'il n'est pas peu fier, le sieur Champion, d'avoir épousé la fille d'un hobereau de la Brie. Il se fait volontiers appeler chevalier, sieur et *baron de La Chapelle et Champion de Chambonnières*. Quoi qu'il en soit, ce jour-là, il est tout à votre écoute, oublieux de tout. Impressionné par votre talent, après quelques rencontres confirmant ses bonnes impressions initiales, il vous fait venir à Paris en 1650. Pris d'une pitié qui, ordinairement, ne l'étouffe pas, il s'érige, dans la foulée, protecteur de vos frères qu'il glisse dans vos bagages afin qu'ils vous accompagnent, vous réconfortent par leur présence le cas échéant et puissent espérer à leur tour bonne fortune loin de Chaumes. Il leur reconnaît un peu de votre talent.

6

J'imagine que, si nous avions eu cette conversation, à mes remarques acides au sujet de votre maître, votre visage se serait renfrogné : vous n'aimiez pas qu'on le dépeigne tel qu'il était et tel qu'il demeure, un orgueilleux qui eut le défaut d'être d'abord vaniteux, avant que ses talents ne s'affirment et ne justifient quelque peu ses grands airs supérieurs. Le rejet que vous avez de toutes les critiques qu'on pouvait lui adresser, à lui ou plus généralement à toute personne absente, demandant alors qu'on se taise ou en quittant la place où des ragots étaient colportés, a toujours été une marque de votre honnêteté morale et de votre détestation profonde de l'hypocrisie, une fleur vénéneuse qui fleurit si bien dans les châteaux et des lieux prestigieux.

On dit avec insistance que le baron musicien s'était répandu partout en disant qu'un homme tel que vous n'était « pas fait pour demeurer en province ». Il parcourut lui-même parfois, à cheval, les quatre lieues séparant votre village de sa terre, un honneur insigne qu'il vous rendit à plusieurs reprises, à la stupéfaction de vos parents et de ses amis, sans parler de sa femme et de ses enfants. Je comprends donc parfaitement que vous ne puissiez dire du mal de quelqu'un qui a eu à votre endroit tant de lucidité mêlée à tant de bonté. Vous avez de la reconnaissance, une qualité si perdue de nos jours par ceux qui en sont les bénéficiaires, surtout celle qui satisfait leur ventre.

À Paris, il s'occupait d'un petit théâtre situé près de son domicile, non loin de l'église Saint-Eustache, dans lequel il organisait des concerts privés sous le nom d'*Assemblée des honnestes curieux* - des attributs qu'il se prêtait d'abord généreusement à lui-même - ce n'était pas faux, il faut en convenir. Il y engageait des musiciens qui ne valaient pas toujours le prix auquel ils s'estimaient, un défaut assez répandu dans nombre de professions et qui permet à des mécènes ou des bienfaiteurs de faire fortune- on achète l'artiste à sa vraie valeur et on le revend à celle à laquelle il prétend. Le public se clairsema, malgré les mets recherchés et les rouges d'excellents crus. On y vint moins souvent se montrer et se goinfrer. Les recettes s'amenuisèrent, les bons exécutants se raréfièrent tandis que les dépenses ne cessèrent de s'élever, à mesure des dettes contractées auprès d'usuriers, des gens peu philanthropes. Cependant, il croyait, commettant ainsi une erreur tragique, que la munificence était ennemie intime de la déchéance et qu'on ne pouvait tomber dans celle-ci si on maintenait celle-là. Pour ce qui le concernait, le déclin serait d'autant moins accepté par lui-même qu'il posait encore à l'amateur indifférent aux succès ou aux échecs, prodigue d'un argent qu'il feignait de ne pas compter et qui, accessoirement, était aussi et d'abord celui de son épouse.

Sur bien des plans, il était votre opposé, agissait au contraire de vous. Il roulait en carrosse, étalait ses violentes rugosités de caractère avec le même emportement, la même absence de pudeur que ses fraises, jabots et pourpoints emperlés. L'élégance de sa mise contrastait souvent avec la grossièreté de ses propos. Né dans la laine, il prétendait venter dans la soie. J'ai compris, à vos silences épais, que ses vanités révulsaient votre modestie, ses dilapidations heurtaient votre frugalité, sans d'ailleurs que jamais vous ayez manifesté publiquement ce déplaisir et encore moins devant lui.

Votre ascension fut concomitante à sa chute, sans qu'il y eût causalité. S'il ne dut cette défaite largement qu'à lui-même, à son caractère et à ses vanités, notre jeune souverain ne fit rien pour se l'attacher et le garder à son service et le laissa s'enfoncer. Un soleil qui se prétend universel ne tolère pas la présence d'astres brillants dans de proches constellations, même dans des domaines où il ne prétend à rien.

En 1654, *annus horribilis* pour lui, le pauvre fut puni presque aussi cruellement que le *Job* de la Bible. D'abord, Louis, pour la charge de *maître de clavecin*, préféra Étienne Richard, beaucoup moins habile mais plus âgé que vous, jeune homme qui aviez le tort d'être le protégé déclaré d'un Chambonnières désormais en disgrâce. Englober dans la détestation d'une ancienne persona devenue *non grata* tous ceux qui l'ont approchée de près ou de loin est une disposition fort répandue chez les princes qui mesurent leur pouvoir à l'aune de leur vaste ingratitude. Elle frappe d'un sceau d'infâmie les proches du malheureux sujet, le ravalant au statut d'exilé du cœur et de la cour. Quand on hait, on ne compte pas, tous dans le même sac. Vous fûtes *ipso facto* éliminé de la compétition. Cependant, chez certains interprètes pataud, la gloire éphémère est le deuil éclatant du talent. Le pauvre Richard titulaire de la charge en fut un parfait exemple – il ne resta en effet que quelques mois.

Chambonnières enchaîna les déboires. Car fut alors prononcée par la justice la séparation de biens d'avec sa fine et discrète épouse briarde, fatiguée d'un mari si gonflé de ses décroissants mérites, bien consolée cependant d'obtenir une part substantielle de ce qui restait de sa fortune, laquelle lui fut généreusement octroyée par des juges indisposés à l'égard d'un personnage arrogant et braillard même devant leur hermine.

Le prétexte exact de la disgrâce royale, qui s'ajouta par conséquent à l'humiliation d'une nomination qu'il réprouvait, était d'avoir refusé d'exécuter la basse continue dans des œuvres de Lully. Ce dernier était devenu l'ami, l'obligé, le garde-chiourme esthétique et principal conseiller musical de Louis XIV. Le souverain était allé jusqu'à organiser des festivités en son honneur et dans la foulée l'avait fait français. Champion de Chambonnières, qui faisait hypocritement très bonne figure au jeune infatué pomponné comme une fille et fardé comme une gourgandine, en le flattant et en protestant de son amitié, avait raison de considérer cette tâche comme indigne de son talent : jouer la basse continue, condamnée par définition à rester la plus discrète possible tout en assurant le travail constant de soutien et de rythme pour tout le reste de l'orchestre, c'était trop lui demander. Quel musicien de renom ne renâclerait-il pas à accompagner les autres en se contentant de murmurer obstinément dans les sons graves ? Il s'insurgea spectaculairement contre cette relégation au fond de la partition en s'abstenant de paraître parmi les musiciens, presque dès le début des réjouissances.

S'agissant de Lully, avez-vous eu le temps d'apprendre, avant que ces vanités ne vous laissent, si l'on peut dire de marbre, (il est né à Florence, pas loin de Carrare…), les dernières nouvelles, désespérantes à mes yeux ? Depuis peu, il est non seulement devenu français, mais encore surintendant de la musique royale. Faut-il ajouter que ces honneurs sont amplement mérités, grâce à son incontestable et irritant talent ? J'en veux pour preuve l'invention de la comédie-ballet, ce genre tout à la fois dramatique, chantant et chorégraphique, créé il y a à peine deux ans et que l'on doit, à part au moins égale, à un autre génie, Molière. *Les Fâcheux*, catégorie humaine dans laquelle je range sans pitié l'Italien pour tout ce qui n'est pas la musique, a été donnée en août 1661 au château de Vaux-le-Vicomte.

Vous y aviez été invité, vous ne vous y êtes pas rendu, m'aviez conseillé d'imiter votre abstention – je ne vous ai jamais avoué qu'on ne m'y avait d'ailleurs pas mandé, sans doute parce que vous aviez décliné. On le sait bien, les échotiers en firent le compte-rendu, la fête fut somptueuse, débordante de tout, bariolée de plumes, de poils, d'écailles, en un mot, italienne au service de la France. Elle fut aussi décrétée « impayable », un

47

jugement et jeu de mots tout à la fois, qui tomba avec amertume, admiration et jalousie de la bouche même du « plus grand roi du monde » en l'honneur de qui elle avait été donnée. J'ai bien fait d'écouter votre conseil de rester à l'écart. Vous vous étiez spontanément méfié du grand ordonnateur de ce splendide divertissement. C'est un personnage que vous avez jugé dispendieux et vaniteux, un serviteur qui s'était cru maître, mais qui n'était maître que d'argent puisqu'il s'agissait du surintendant des finances Nicolas Fouquet. Vous ne vouliez pas vous afficher dans sa suite. Bien vu : le champion des monnaies, des lettres de crédit et surtout de la flatterie, un exercice dangereux quand votre débiteur est aussi votre roi, croupit maintenant on ne sait où. La Roche Tarpéienne lui fracassa sa carrière le lendemain même de la cérémonie qui l'avait consacré au Capitole, une leçon d'humilité que vous avez retenue. La flagornerie ne conjure pas l'ingratitude, surtout de la part de seigneurs redevables en pièces sonnantes et trébuchantes. Il est dangereux pour un créancier d'avoir pour débiteur un grand seigneur, la dette peut s'éteindre inopinément dans le silence d'un cachot ou au fond de la mer. En tout cas, les malheureux qui pouvaient être regardés en la compagnie de Fouquet même s'ils n'en étaient pas vraiment ont subi une cruelle disgrâce.

Je n'écris pas de méchants commentaires à l'égard du surintendant de la musique, sans un certain dépit que je n'avoue qu'en l'écrivant – parler est beaucoup plus dangereux, on peut vous écouter. Gian Battista Lulli est donc devenu depuis peu Jean Baptiste Lully. Notre royaume se déshonore à distribuer des brevets de francitude à n'importe qui comme on distribue des aumônes à de faux pauvres, des misérables de comédie qui contrefont leur condition. Il faut être avare de ses plus généreuses prodigalités et garder le meilleur pour la faim, ceux qui en souffrent véritablement.

Le Florentin est tout à la fois odieux et génial, répugnant et prodigieux. Je ne vous demanderai pas d'approuver posthumément ce jugement. Enfin, quoi, n'avons-nous pas assez d'habiles musiciens nés en France qu'il nous faille recourir aux services exorbitants d'un coquin transalpin ? Lorsqu'on a affirmé qu'il tournait trop les pages, dans le plus grand secret de sa vaste bibliothèque ou de sa chambre, il ne s'agissait pas seulement des partitions de sa musique. On soupçonna même un instant que les bontés royales récompensaient d'autres mérites que la bonne musique. On eût pu imaginer cette possibilité avec Philippe, Monsieur frère du roi. Je m'arrête là : vous détestiez ce genre de commérages indignes qui expliquent parfois bien des situations et des positions politiques ou sociales. Ils sont sans intérêt sauf pour les échotiers des libelles ou des gazettes torcheculatives. Ainsi que pour les intrigantes de la Cour, bien sûr, dont ils sont les petits pains quotidiens. D'ailleurs, votre respect des libertés d'autrui, dans toutes leurs dimensions, a toujours été absolu, jusqu'à la matière délicate des mœurs. Une question de pudeur, aussi. Au reste, si l'on voulait par ces indignes propos seulement stigmatiser sa hargne à donner de trop nombreux concerts et son âpreté au gain, je le défendrais, une fois n'est pas coutume. Courant le cachet, panier percé pour lui-même, prodigue envers ses amis, il ne cherche qu'à

49

rémunérer généreusement ses musiciens, un objectif louable et inatteignable sans les enterrements, les baptêmes et tous les sacrements.

Donc, Champion ne méritait plus son nom, il n'avait pas de concurrents, quasiment exilé dans son propre royaume. Le jeune souverain était-il simplement intransigeant quant à ses prérogatives d'organisateur des cérémonies et des divertissements de la Cour où il avait assigné chacun à sa place sans dérogation possible, ou bien était-il simplement rigoureux s'agissant du respect des règles de la bienséance et de la hiérarchie – la volonté d'un prince passe avant tout ? Les deux, sans doute. Cependant, vous avez entendu une tout autre version de ce désamour. Elle n'émane pas exclusivement d'envieux, de gens mal intentionnés ou d'élèves déçus. Le grand violiste Jean Rousseau, l'exactitude faite homme, a affirmé devant moi que Chambonnières ne savait pas accompagner correctement d'autres interprètes, qu'il était certes bon soliste mais qu'il n'était que cela et pas exceptionnel, que son observation de la mesure, si nécessaire dans un ensemble où elle doit être stricte, était, sous ses doigts, aléatoire. Il n'écoutait pas ses partenaires sur lesquels il ne cessait ensuite de se répandre, les rendant responsables de ses propres turpitudes. Le Roi, d'un discernement surprenant pour son âge, s'aperçut de lui-même de ces défauts tant interprétatifs que personnels, en tira les conclusions qui s'imposaient : il lui intima de se défaire de sa charge. Avec affectation, l'artiste baptisa le licenciement royal qui le frappait de *démission provoquée*.

Vous seul pouvez séparer le grain de la vérité de l'ivraie du mensonge. Il y eut sans doute de tout côté, aussi bien celui des critiques que celui des thuriféraires, de l'exagération qui entraîna de l'exacerbation. Les ruptures furent définitivement consommées. Quoi qu'il en soit, cette charge si convoitée, vous la refusâtes alors même que Louis vous la proposait - notre souverain était d'accord avec l'opinion que le jeu de Chambonnières touchait certes le cœur mais que le vôtre, qu'il voulait s'approprier, touchait aussi l'oreille. En somme, vous vouliez faire passer la reconnaissance, la loyauté et la droiture avant les honneurs et le déshonneur. Vos égards à l'endroit d'un bienfaiteur se sont mêlés à un excès de timidité, il faut vous féliciter pour tout ce beau paquet, si l'on peut dire.

Après le bref intermède Étienne Richard, écarté en raison de ses insuffisances évidentes, Jean Henri d'Anglebert fut nommé claveciniste du Roi.

Vous avez fait état devant moi de votre admiration pour ce maître cordonnier de Bar-le-Duc qui était et demeure un musicien plus qu'habile – la chaussure mène à tout à condition de savoir lever le pied de temps en temps. Il n'était que « Jean Henry », utilisa la ruse et la patience pour accoler un « Anglebert », un patronyme d'extraction mystérieuse, puis, toute honte bue, usurper un titre de noblesse en le changeant en « d'Anglebert » - un bel exemple d'anoblissements successifs conduits habilement par le bénéficiaire du titre. On ne lui en fit pas le reproche alors qu'il le méritait tandis qu'on le fit à Chambonnières qui ne le méritait pas. Cette appropriation nobiliaire était musicalement justifiée par sa maîtrise étourdissante de l'instrument. Dans ce siècle où nous tentons de vivre, le patronyme fait tout, il ouvre les portes, édifie ou abat les fortunes et provoque les hasards, trace les destinées et fait souvent prévaloir l'apparence sur l'être. Il était surtout plus déterminant pour un artiste qui voulait, avec obstination, s'introduire dans le grand monde, où le nom est essentiel.

Il y parvint au-delà de ce qu'on peut imaginer. Ce fut à son honneur, la performance force le respect : il était en effet fort désavantagé par un strabisme qui eût empêché tout autre, plus velléitaire ou moins déterminé, de devenir un grand virtuose. Un œil dardé à Versailles, l'autre vers Paris, ou Bar-le-Duc, ou ailleurs, selon la fantaisie de ses nerfs ou de ses muscles faciaux et oculaires… Comment ce louchon a-t-il pu dominer à ce point la géographie de son clavier ? Comment faisait-il pour ne pas gâter ses exécutions de notes don on dit plaisamment qu'elles sont *non conviées* ? Certes, il y a des exécutants aveugles, et au royaume de ces derniers, il eût mérité d'être empereur. Un coup de pouce familial ne fut sans doute pas inutile dans son ascension vers le sommet, à la Cour : il épousa voici deux ans Madeleine Champagne, belle-sœur de l'orfèvre et organiste François Roberday, justement. Cet appui était bien pensé, on peut réussir aussi avec le ferme soutien des dames. Il s'agit là d'un renversement des attributs prêtés au sexe (si l'on ose dire ainsi) dont on ne parle pas souvent…

Comme il avait été également un des élèves de Chambonnières, et qu'il n'avait pas vos scrupules, il revendiqua le poste de claveciniste royal. Peut-on lui en vouloir ? En cette péripétie, il ne fut pas aidé comme vous le fûtes par son professeur qui l'appréciait, lui, moins qu'il ne vous aimait, vous. Il fallait bien, de toute manière, que quelqu'un reprît le prestigieux flambeau, un autre moins talentueux que lui s'en serait emparé sans hésitation pour aller vers plus de lumière, celle qui est abondamment diffusée par la Cour. L'argument est cynique, aucune personne sensée ne soutiendra qu'il soit faux.

Pendant ce temps, Champion de Chambonnières, quant à lui, s'est consacré à la publication de ses œuvres, au prétexte que nombre d'entre elles circulaient en copies, imparfaites, emplies de fautes, ce dont il s'était plaint un peu, et en amputant considérablement ses revenus, ce contre quoi il hurla à s'en époumonner. Une réaction qui vous a laissé évidemment sans voix… À la fin, je ne peux me garder de le plaindre un peu, bien que je ne me sente pas en sympathie avec lui. Vous avez sans doute eu le temps d'apprendre que son goût permanent et insatisfait du luxe a fini par lasser sa seconde épouse qui vient également de le quitter. On dit qu'il prospecte auprès de souverains étrangers pour retrouver un poste digne de ses réelles aptitudes. De tous ses soucis, vous n'avez cure, maintenant.

Votre rectitude morale a eu sa récompense : Louis XIV lui-même, conscient de votre sacrifice, doté d'un sens inattendu de la reconnaissance et de la gratitude, vous octroya en dédommagement un emploi au sein des instruments à cordes, des violes précisément. Vous remplaciez donc le clavecin et l'épinette par une petite viole à la tessiture très haut perchée, mais qu'importe, vous y avez excellé et vous étiez à la Cour. Une telle position amoindrit les risques de misère sans les conjurer tout à fait, elle peut augmenter les risques d'exil dans des contrées sans musique, lorsqu'on finit par déplaire au prince qui vous souhaitera alors aussi éloigné de lui que possible. Pour l'ordinaire, si vous m'autorisez ce mot ambigu puisqu'il désigne ici vos revenus et non celui de la messe, vous devenez l'organiste titulaire à l'église Saint-Gervais et Saint-Protais. À vingt-sept ans, maître de l'instrument d'une belle église de Paris tout juste achevée, on peut vous faire une révérence, il y a des destins moins honorables et des carrières moins linéaires…

Bien sûr, on vous a donc envié, cher Maître, vous le saviez, on en a jalousé et même menacé pour moins que ça. C'est ainsi que je me suis demandé si la mission confiée par le chapitre ne visait pas à discréditer votre personne et donc votre fratrie afin que la charge d'organiste échappe finalement à la famille Couperin et ses descendants, si d'aventure les conclusions de mon enquête laissaient soupçonner le moindre écart, la plus infime irrégularité de votre parcours. On vous nuirait pour permettre à un protégé d'un des membres du conseil d'accéder aux buffets, celui de l'orgue et celui des plats raffinés que la charge permet de s'offrir. Simple hypothèse d'église, sinon d'école, qui permet de rappeler que les artistes eux aussi ont de féroces appétits et des morales très relâchées.

7

Les sublimes harmonies de la *Missa Quelle beauté ô mortelz* à cinq voix d'Artus Hautcousteaux se sont élevés sous les voûtes de ce qui sera désormais votre sépulcre. Je me suis demandé qui avait invité musicalement cet homme, un personnage qui, à tous égards, était lui aussi votre exact contraire. Vous l'avez rencontré, ce vieux maître de chapelle français - il avait trente-six ans de plus que vous – qui officia un moment à la Sainte Chapelle et qui aurait pu vous souffler la charge dont vous avez bénéficié. Il est mort il y a cinq ans sans que personne ne l'ait secouru ni pleuré, alors qu'il n'avait plus rien, ni fortune, ni travail, ni famille, ni réputation, ni honneur. Car si l'on joue encore un peu sa musique d'une élévation exceptionnelle, l'homme était vraiment exécrable, un tyran domestique et un homme brutal avec ses semblables. Il a tout perdu en raison de son caractère : recourant à l'insulte, aux réprimandes odieuses et même aux violences qui entraînèrent plaintes et actions judiciaires contre lui, ce colosse a été condamné devant toutes les cours de justice. La beauté de ses compositions a fait oublier la détestable personnalité de l'auteur et lui a survécu. À ce sujet, le contraste entre la grossièreté d'un individu et les raffinements de ses peintures, de sa musique ou de ses écrits m'a toujours étonné. Je gage que, dans la mémoire des hommes, seule la qualité des œuvres demeurera, le reste, tout ce qui tient à l'être, sera enterré avec lui. Ecrivant ce pari tenant à la mémoire sélective des hommes, je pensais à Michel-Ange, une personne de si mauvaise réputation.

Cette hypothèse reste hasardeuse comme toute prédiction qui touche à un avenir lointain où plus personne ne sera là pour l'attester ou la contester. Il me semble cependant que l'on finira toujours par séparer l'individu, que l'on oubliera, de ses ouvrages, que l'on louera encore et encore s'ils sont dignes d'être retenus – un destin que je me souhaite. Ce n'est qu'une conséquence de notre inclination chrétienne au pardon et de la condition humaine qui fait prévaloir le durable sur l'éphémère. Un criminel doué peut-il donc accéder au sublime et à la transcendance à travers ce qu'il a créé, livre, sculpture, peinture ou musique ? Question philosophique et théologique, qui me dépasse infiniment et sur laquelle j'eusse aimé que vous me donniez votre sentiment, vous que ces questions intéressaient mais sur lesquelles vous vous gardiez de vous exprimer en public.

De là où votre âme veille à présent, vous êtes probablement satisfait que ce soit l'abbé Jacques Sachot qui ait officié pour votre cérémonie d'enfouissement. Il a prononcé quelques paroles très émouvantes car l'émotion ressentie était sincère. Ce n'était pas une oraison funèbre ordinaire, c'étaient, sanglotés, les mots d'adieu d'un ami qui n'avait pas l'air de croire chrétiennement qu'il vous reverrait bientôt dans un monde meilleur. Il donne le sentiment de faire partie de ces prêtres qui doutent le soir et retrouvent une foi d'airain au petit matin quand le rêves de foi, d'espérance et de charité ont fait leur travail nocturne d'élévation. Quoi qu'il en soit, il semble toujours aussi fier de présider aux destinées de ce vaisseau de pierre qui a tout juste un demi-siècle d'existence. L'église avait subi de graves dommages qui ont nécessité une véritable reconstruction, dont la première pierre fut scellée par Louis XIII, ce monarque que vous avez commencé à aimer juste avant sa mort peut-être parce qu'il était aussi un grand bâtisseur. C'est lui qui a voulu que ce lieu saint soit reconsacré. La construction de l'église, dans sa forme actuelle, s'est déroulée sur cent-cinquante ans. La chapelle de la Vierge, le chœur, le transept ne furent que très progressivement achevés, il ne fallut rien de moins que quatre-vingts ans pour tout restaurer. Après la période d'interruption causée par les guerres de religion, Henri IV et surtout son fils ont fait mener à bien le chantier de la nef durant les premières vingt années de ce siècle.

Vous vous êtes attaché à ce vaisseau qui emporte un bel équipage – les paroissiens sont souvent riches et parfois de grande renommée. Il résonne encore des sermons et des oraisons parfois dérangeantes du novice Bossuet, de quelques mois votre cadet, un prédicateur déjà fort connu, redoutable et redouté. Il est un peu à l'art oratoire ce que vous êtes à l'art musical, tout en nuances et en force, tout en déclamation et en murmures, tout en imagination stylistique et en classicisme. Vous avez aussi croisé la silhouette contrefaite, ramassée dans un fauteuil de bois, d'un fidèle bien connu de nombreux lettrés et des courtisans, un pauvre poète nommé Scarron. Ce vieux barbon à l'esprit éblouissant a réussi récemment - l'avez-vous encore appris ? - à épouser une très jeune orpheline belle comme le jour et beaucoup moins bête qu'un panier. C'est une fervente catholique, une certaine Françoise d'Aubigné, petite-fille du rude poète protestant Agrippa d'Aubigné, une contradiction qui est moins une question de foi que de volonté de se conformer au parcours menant à la gloire et à la fortune par tout moyen. Quel beau miracle que ces unions où l'argent épouse l'esprit, où chacun trouve tant de charme à l'autre…

Vous avez à plusieurs reprises et longuement rencontré un autre paroissien d'élite, Philippe de Champaigne, dont vous avez infiniment apprécié la perfection du dessin, l'ordonnancement géométrique des personnages sur les toiles et la lumière fuligineuse, orange, rouge et noire d'espérance et de douceur évangéliques.

Lorsque vous avez signé votre contrat duodécennal, vous habitiez une chambre dans une maison située à bonne distance de votre lieu de travail, si vous me passez cette expression un peu triviale. Le nom de la rue vous correspondait parfaitement, « rue des Bons Enfants ». Enfant, vous l'êtes resté à bien des égards, quelqu'un d'obéissant, d'innocent, qui fait preuve d'une faculté inépuisée d'étonnement, et d'une inventivité jamais mise en défaut. Vous dépendiez de la paroisse de Saint-Eustache, dont l'orgue vous plaisait peut-être davantage. Il vous séduisait par sa taille - c'est le plus grand du royaume - son ancienneté - il a environ cent ans - et surtout par les aménagements et perfectionnements exceptionnels dont il a bénéficié jusqu'à être déplacé, l'année de votre naissance, sur le porche du grand portail, côté « rue du Jour ».

Pour vous consoler de cette déception, vous avez obtenu que l'instrument de votre église soit modifié afin qu'il sonne, dans l'esprit du temps, avec plus de couleur et de diversité sinon plus de brillance et de force. Ce fut réalisé grâce à l'adjonction d'un jeu de tierce au positif, d'un nasard et la tierce du grand orgue, des améliorations que nous, instrumentistes, avons appréciées ce matin nonobstant les circonstances fâcheuses.

Il fallait que votre talent fût éclatant et insurpassé par nombre de vos contemporains pour que vous devinssiez le titulaire d'un des plus beaux instruments de la capitale, avec sa location majestueuse sur la tribune d'une église redevenue splendide. Succédant à seulement deux tenants, les Du Buisson père et fils, vous fûtes le troisième *maître des jeux*. Il est vrai que la place est de bon rendement, vos gages furent conséquents et vous ne fûtes jamais de ces musiciens qui crèvent la faim, soit talents non reconnus, soit mendiants qui se croient célestes ou gratte-cordes incapables. Quatre cents livres annuelles, moins ce que vous avez dû et voulu, car vous étiez généreux. Vous êtes allé jusqu'à allouer à un frère Du Buisson, un pauvre demeuré, incapable de distinguer un orgue d'une écritoire, une rente assez conséquente, je l'ai appris par d'autres. Il est vrai qu'on doit ajouter aux quatre cents livres ce que les mariages et les enterrements rapportent : le bonheur et la

59

mort sont sources de richesses pour nous autres organistes et ces occurrences souvent malheureuses sont nos
plus profitables pourvoyeuses d'écus.

Avec ces rentrées, vous auriez pu regarder de haut
les organistes de Saint-Sulpice, de Saint-Jacques de la
Boucherie et même de Saint-Paul. Les prospères jésuites, qui tiennent cette dernière paroisse, ne s'en sont
pas encore remis et en sont encore marris de jalousie.
Cependant, l'arrogance et le mépris fruits des inégalités
de revenus et qui affectent parfois le caractère des plus
fortunés, ceux à qui pourtant l'Église affirme qu'ils ne
rentreront que difficilement au royaume des cieux
puisqu'ils ne sont pas des chameaux tentant de passer
par le trou d'une épingle, vous fut étrangère. Vous
n'avez jamais envié ni contempté quiconque.

Vous avez donc été aisé sinon riche. En effet, je
n'omets pas, aux chiffres satisfaisants rappelés ici,
d'ajouter vos appointements liés à votre charge de violiste de la Cour. Vous avez en effet été très bien vu du
souverain : il a créé à votre exclusif bénéfice la charge
d'Ordinaire de la Chambre du Roi en qualité de dessus de viole
puisque vous ne vouliez pas être nommé Joueur d'épinette du Roi.

Satisfaisant votre humilité et discrétion, vous n'ap-
paraissez pas dans les *États de la France*, un document au
nom certes admirable et qui recense pourtant les dispendieux effectifs de la maison royale, réputés alors *être au
Roi*. Cette étrange et flatteuse expression exprime un

asservissement total : en corps et en esprit, vous appartenez au souverain, qui dispose de votre talent, littéralement, à toute heure du jour et de la nuit. C'est une des marques de l'absolutisme dans lequel la France et surtout son petit peuple sont désormais entrés. Une illustration également de sa prodigalité qui nous mènera Dieu sait où : la défunte régente Anne, espagnole, portugaise et un peu autrichienne, donc trois fois indifférente aux déboires pécuniaires du royaume et *in petto* hostile à celui-ci du fait même de ces lignages hostiles, fit inscrire deux mille personnes à son service, pour réaliser des ouvrages qui n'étaient pas tous musicaux. Beaucoup d'entre eux ne furent d'ailleurs pas même commencés. Pour honorer ces contrats qui ne peuvent être déchirés sans lourdes pénalités, il faudra donc emprunter aux uns et aux autres, Anglais, Hollandais, Espagnols ou Italiens, ce que nous n'avons cessé de faire depuis des lustres, oblitérant notre souveraineté tout en rendant la guerre contre eux évidemment plus difficile à financer, à moins d'essayer de les exterminer afin qu'ils ne réclament jamais leur dû. La tentation de tuer son créancier est commune à tous les débiteurs mais devient obsédante lorsque celui-ci est un prince. Il ne lui restera plus qu'à invoquer la commode *raison d'État* s'il devait attaquer celui-là. Que le jeune Louis n'ait pas la folie d'y céder et de déclarer l'état de… faillite. Nos créaciers formeraient une coalition et nous déclareraient la guerre.

Le pinacle pour un artiste est d'être nommé à la *Chambre du Roi* qui officie lorsque le souverain en exprime le désir, lors de son repas, de son coucher, à l'occasion des bals, des unions princières, des sacres ou des funérailles. Pour ces dernières, les règles de l'étiquette sont moins claires, après tout ce n'est plus lui qui décide du protocole sauf s'il a laissé des instructions précises que rien ne vient contrarier. Et par-dessus tout, il ne connait pas la date exacte de l'entrée en vigueur de l'étiquette lors des derniers adieux. Car même les monarques ne savent ni le jour ni l'heure, comme le dit la Bible, voilà qui rétablit un peu d'égalité entre nous tous.

Vous étiez « ordinaire » et non « officier » de la Chambre - trop jeune, trop novice dans vos fonctions… trop indépendant aussi ? Car cet apparent déclassement vous permettait aussi d'exercer, sans contrainte, vos talents à Saint-Gervais et Saint-Protais. N'étiez-vous pas discrètement encouragé à le faire ? Parce que vous n'étiez pas officiellement *au Roi*, vous étiez donc totalement à vous-même. Votre activité de violiste vous a amené au Louvre surtout à l'occasion des différentes représentations d'opéras de Lully. Combien de soirées et d'après-midi à tirer et pousser l'archet pour les œuvres de l'Italien et parfois avec lui ?

Vous vous êtes retrouvés tous deux à suivre la Cour à l'automne de 1659, de Paris à Bordeaux, puis de Bordeaux jusqu'à Toulouse, pour une répétition des futures noces royales. Au milieu de trois mille princes, nobles, courtisans, gardes, serviteurs, valets, cuisiniers, maquereaux, prostituées, gitons, et malgré les différences de caractère, vous vous êtes sans doute bien entendus. La musique rassemble les goûts, les émotions, les cœurs et les esprits, et le désordre majestueux des transports royaux est favorable à des rapprochements inattendus.

Pourtant, lorsque ces brassages se produisent, le mélange des genres, toujours désirable, tourne à leur confusion, toujours détestable. Les équipages tournent au pandémonium, trop de vices, de rumeurs, d'occasions de comploter, trop d'argent enfin. L'ordre de notre société y est singulièrement malmené, car la Cour montre alors son vrai visage au peuple. Il vaut mieux que le pouvoir ne bouge pas trop, qu'il ait son siège et y reste bien assis. Les déplacements des rois favorisent toujours le grondement et parfois la révolte des sujets, à cause des dépenses ostensibles et visibles par un peuple maltraité et humilié de devoir se contenter de ramasser les piécettes jetées négligemment des carrosses.

8

En compagnie de l'Italien, l'acmé de votre périple fut le mariage de Louis avec Marie-Thérèse d'Autriche infante d'Espagne, le 9 juin 1660 en l'église Saint-Jean-Baptiste de Saint-Jean-de-Luz. Vous m'en aviez parlé avec la voix tremblante d'émotion tant votre état d'esprit était au beau fixe. Vous y avez composé deux pièces d'orgue, un duo et une fugue qui furent joués à la cathédrale Saint-Étienne de Toulouse quelques mois plus tard. Vous avez regretté que votre compagnon de voyage, absent à ce moment, ne les ait pas écoutés. Eût-il été présent, les eût-il entendus ?

S'agissant de votre compagnon de voyage, je ne m'étendrai pas. Vous le savez, je n'ai jamais partagé votre enthousiasme raisonné à l'égard de Lully, un personnage que j'ai déjà évoqué tant il me répugne et me fascine tout à la fois. À force de ténacité ou d'obstination, de démarches ou d'intrigues, de suppliques ou d'avilissements, il était parvenu à se faire engager, lors de la première exhibition dansée de notre jeune souverain, comme figurant, déguisé d'abord en pauvre berger et ensuite en fantassin rutilant. Mais ce qui importait plus que tout à ses yeux, c'était qu'il fût sur scène, qu'il dansât, lui, le fils présumé d'un meunier toscan, avec le Roi de France, le Roi-soleil lui-même. Il était persuadé que la gloire de celui qu'avec outrecuidance et vanité il considérait à ce moment comme un partenaire et non comme une majesté, rejaillissait sur lui. Peu de temps après, suivant une représentation dont je ne me rappelle plus les circonstances, il fut nommé quasiment *subito presto* compositeur de la musique instrumentale du Roi, lui, le bardache insolent, le personnage si gonflé de lui-même qu'il se montrait odieux voire violent avec les serviteurs et les servantes, les femmes de chambre et les valets juste avant qu'il s'inclinât à angle droit devant les nobles. Mais Dieu, que l'artiste est doué, quel prodigieux musicien. On peut le regretter, il n'y a pas de relation entre les vertus morales et les dispositions artistiques d'un homme, ange au pupitre et démon chez lui…

Je ne voudrais en aucun cas remuer un couteau dans une plaie qui fut vive. Car je veux mentionner ici un homme que vous avez bien aimé, qui fut aimable avec vous alors qu'il était en conflit permanent avec les autorités, en révolte plus ou moins ouverte avec ceux-là mêmes qui lui fournissent de quoi se nourrir et se vêtir, un maître que vous avez apprécié et à qui, de votre propre aveu, vous devez beaucoup puisque lui aussi participa à votre éducation. Si Champion fut un exemple, un aîné, un mécène et un professeur que ses noirceurs humaines ont parfois transformé en repoussoir, en revanche votre collègue et compagnon en musique Johann Jakob Froberger ne vous déçut jamais durant les trois années où il parcourut l'Europe avec Paris pour port d'attache d'où il rayonnait, à tous les sens du terme.

65

Vous l'avez vu souvent alors, entre deux concerts, deux joutes, et aussi parfois deux soirées légèrement arrosées en quelque taverne, jamais loin d'une épinette, d'un clavecin, à portée de viole de gambe, de violon.

Il ne détestait pas la bière ou le vin, vous n'y avez jamais été hostile avec une modération presque jamais prise en défaut, contrairement à lui – vous m'avez déclaré que, d'expérience, le jeu au clavier et la mémoire des notes étaient fortement amoindris par l'excès de boisson et « qu'on ne vous y prendrait plus » sans entrer plus avant dans l'évocation d'une belle beuverie qui n'eut visiblement pas de suite...

À votre contact, il s'initia à la manière française, à ce *style luthé* dont vous étiez un maître. Il s'agit d'une forme recherchée et subtile qui a conquis les pays de goût que Froberger a visités et dans lesquels elle va s'implanter rapidement. En accord avec lui, pour les œuvres au clavier plus élaborées, vous adoptez l'idée d'une suite alternée de danses lentes et rapides, une frise de rythmes et de mouvements si naturelle qu'elle s'est imposée ensuite partout de la Saxe à l'Italie et de l'Espagne à l'Angleterre. Si l'acclimatation fut aussi rapide, c'est sans doute qu'elle reflète parfaitement les mouvements de nos âmes qui font se succéder les humeurs sombres et mélancoliques aux sentiments de joie ou de douceur apaisée, sous tous les cieux, quelle que soit la langue qu'on y parle.

Je vous dois un aveu. Je me suis rendu, malgré votre insistante mise en garde, au grand concert qui fut donné il y a neuf ans, en septembre 1652 au couvent des Jacobins de Paris. En l'honneur du Wurtembergeois, de nombreux confrères, les siens et les vôtres, devaient se retrouver et se produire, accompagnés d'un petit orchestre ou en soliste, à l'orgue ou sur un clavier, une épinette, un clavecin, ou encore avec un instrument à cordes, luth ou théorbe. J'étais très jeune, ma petite taille et mon insignifiance me permirent de me faufiler dans la salle. Je m'y suis aisément caché entre les invités, les vrais amateurs, les profiteurs assoiffés et affamés, les voleurs de haute lignée, les pique-assiettes aristocratiques, les critiques au sang bleu. Je commençais mes études de musique, je ne voulais manquer l'événement, exceptionnel à bien des égards, sous aucun prétexte. J'étais aussi désargenté et j'avais faim, une belle occasion de se remplir la panse à peu de frais, vous m'auriez pardonné sur ce seul motif.

Vous aviez néanmoins raison de m'avertir. C'était folie de se risquer la nuit, à cette époque. Les rues étaient dangereuses, la sécurité des habitants de la capitale guère assurée, les gens d'armes étaient débordés quand ils n'étaient pas attaqués eux-mêmes. Des bandes circulaient, *chauffeurs* et détrousseurs criminels, qui tuaient pour quelques liards et torturaient par plaisir en brûlant les membres, ou fouaillant les chairs. Ils se moquaient de la vie, de celles des autres comme de la leur, qui n'aurait certes pas valu cher devant des gens d'armes bien équipés ou un juge courageux.

Car la *Fronde* faisait rage, mettait Paris à feu et à sang, une situation chaotique qui laissait tout espace aux douteux exploits des manants. Les princes s'entretuaient, prenant le parti d'autres princes, entraînant dans leurs funestes querelles des ducs, des marquises, jusqu'à des comtesses du dernier ban, se mettant cependant d'accord pour écarter du trône le jeune souverain de quatorze ans quand ce n'était pas pour l'occire. Louis XIV n'était d'ailleurs rentré dans la capitale que depuis le 21 octobre, s'était enfin installé en son palais où il se cloîtrait encore. Car s'il était déjà courageux, il n'était qu'un jouvenceau, son âge et quelques fidèles l'empêchaient d'être téméraire, ils veillaient au grain et l'eussent empêché de se mettre en danger. Les risques pour sa vie et la tranquillité du royaume étaient grands. Nous fîmes à ce moment l'expérience douloureuse que la Régence est un régime faible par nature. Un régent ou un prince régnant entre deux monarques de plein exercice est un roi diminué, au rabais, un aigle aux ailes coupées. Lorsque cette Régence est exercée par une femme et un cardinal, elle atteint la débilité et devient dangereuse pour les habitants laissés sans protection.

Froberger et vous-même deviez éprouver quelque affection, sans que l'esprit de compétition soit absent de vos bons rapports. Lui et vous avez en effet composé cette année-là, chacun de son côté, un *Tombeau de monsieur Blancrocher,* comme pour mieux livrer à la discussion publique et à la comparaison vos talents employés dans le même exercice. L'accident stupide de monsieur Blancrocher avait frappé les esprits par sa banalité tragique : ce remarquable luthiste, célébré dans le monde étroit des virtuoses de cet instrument, était décédé à la suite d'une chute du haut de l'escalier de sa maison, encore plus étroit… Cependant, à considérer le nombre de splendides pièces composées depuis le début de ce siècle et portant ce titre de « Tombeau de… », on ne peut que se féliciter des drames domestiques, de la cruauté des maladies et des duretés de la guerre afin de pouvoir se réjouir sans vergogne de l'inspiration qu'ils ont suscitée. Je doute que la source abondante se tarisse de sitôt, je suis lucide et le cynisme m'est étranger.

Avant même la marche au tombeau ou plutôt vers votre caveau, des prières ont été dites, les échos des dernières voix du dernier cantique chanté finissent de parcourir la voûte de la nef. Vous n'avez pas précisé si vous souhaitiez que l'on grave sur votre tombeau cette devise des morts qu'est toute épitaphe. Tout enfouissement est d'abord un ensevelissement dans la mémoire de ceux qui nous survivent, ce qu'ils font de toutes façons pour un temps limité. Alors, à quoi bon laisser derrière soi (ou plutôt gravé sur soi) une sentence, un aphorisme, un apophtegme qu'un inconnu, dans une semaine, un mois, ou trois siècles, méditera avec recueillement, mépris ou indifférence ? Encore une vanité à laquelle vous avez résisté.

Et voici que, depuis l'orgue, se sont élevées, inattendues, douloureusement profanes, les notes d'une sorte de pavane agrémentée de fantaisies sombres et d'ornements somptueux. Je reconnais l'esquisse d'un Tombeau, un de ces hommages rendus à des confrères dont on partage les goûts et on admire la manière et le style. Le rythme en est lent, déplorant, quoiqu'incertain. Il n'y a pas de partition, le musicien que je ne connais pas semble hésiter dans le choix des jeux et des ornementations, si ce n'est de la mélodie elle-même qui approche, recule, tourne sur elle-même en une surprenante improvisation.

9

Toute existence humaine est réductible à ce que le défunt a créé par la force de son esprit ou l'habileté de ses mains, pas à ce qu'il a légué en numéraire. Ce dernier point n'intéresse que les héritiers et n'est pas un sujet de discussion à mes yeux. Il est donc temps de faire l'inventaire de vos œuvres, ce qui, incidemment, constituera l'essentiel du rapport que je remettrai au chapitre de votre, de notre paroisse.

J'aime votre musique pour une raison simple : elle est profonde et, pourtant, elle ne pèse ni ne pose, légère et interrogative, elle se moque des conventions mais jamais de l'auditeur, elle innove sans bruit, et fait bouger sans brusquer. La synthèse était difficile, vous l'avez réussie. Cependant, il est nécessaire, avant toute chose, de rendre hommage à vos capacités de compositeur dans ce qu'elles ont d'universel. Vous avez en effet parachevé l'art subtil et délicat de fusionner deux instruments merveilleux qui se sont ignorés et jalousés longtemps, le luth et le clavecin. Vous avez inventé une notation inédite, une sorte de code graphique très particulier auquel tout musicien doit vraiment s'habituer. Si je m'en tiens aux quatorze *Préludes non mesurés*, j'ai observé et admiré, comme mes collègues, les chapelets de notes écrites en *biais* : des rondes plus ou moins liées entre elles par des traits savamment et scrupuleusement reportés sur la partition qui provoqueront la résonance du clavecin lors de l'exécution.

Parfois le dessin s'accidente et les courbes s'accentuent, tout à coup, avant de suspendre leur envol. L'ensemble attend son exécutant pour s'éveiller puisque tout demeure à découvrir hormis la ligne mélodique. Ici, point de mesure et donc point de barre de mesure mais une cohérence de l'écriture agrémentée çà et là de quelques ornements pour aider le cheminement de l'interprète au cours de sa promenade sur les portées grâce à l'expressivité du clavecin. L'instrumentiste est libre, et sa liberté est peu surveillée, à l'exception du chant auquel il doit rester fidèle. Tout le reste, il ne le devra qu'à lui-même. À lui d'en faire bon usage, afin qu'elle ne devienne pas licence, anarchie et improvisation inaudible.

Toutes vos autres pièces pour clavecin sont, au contraire, mesurées, sur des rythmes de danses. J'ai compté une trentaine de Sarabandes et autant de Courantes, ensuite dix-huit Allemandes, onze Chaconnes et Passacailles, cinq Gigues, trois Gaillardes, deux Gavottes. Enfin, un Menuet et quelques pièces isolées terminent ce corpus impressionnant : Pavane, Branle, Rigaudon, Canarie, Volte, Pastourelle, Piémontaise, Pièce en trois mouvements et Tombeau.

Pour l'orgue, vous avez également réussi un bel éventail de morceaux divers, Fugues, Fantaisies, Hymnes, Duos, Carillons. Des pièces de toutes dimensions.

Si j'ai bien compté vos partitions, rassemblées et recopiées dans plusieurs recueils manuscrits, sans être toutefois formellement groupées sous la forme usuelle de *Suite de danses* dont elles relèvent pourtant, il y a en tout cent trente-cinq pièces pour clavecin et quatre-vingts pour l'orgue.

Enfin, comme pour prouver que vous étiez capable de composer pour d'autres instruments que ceux à claviers, deux Fantaisies pour deux violes, deux Fantaisies pour le jeu des hautbois et trois Symphonies pour cordes en trio.

Malgré ce que je viens de rappeler, je suis certain que c'est votre opus pour le clavecin qui vous fera passer à la postérité. Le pari n'est pas risqué, il y en a peu autour de moi à le relever. Vous ai-je jamais dit que ces arpèges qu'on pourrait croire d'écriture irrégulière, à l'exécution si libre, ces volutes en sons, me procurent un sentiment proche d'une extase amoureuse ? On retire un sentiment forgé d'impressions et non de certitudes, je me suis risqué un jour à qualifier devant vous votre musique d'impressionniste, vous avez arboré une moue très dubitative. Vos *Préludes non mesurés* à la manière des luthistes, vos *Chaconnes* si sombres et si limpides, sont devenus des agréments irremplaçables de mon existence. Ce sont les pièces dans lesquelles vous avez mis ce qu'il y a de plus personnel, de plus intime et aussi de plus savant et si mon jugement a quelque autorité, ce sont et resteront les plus remarquables à l'avenir.

L'écriture est réduite au strict nécessaire et demeure toujours suffisante, obéissant à une mathématique rigoureuse de l'ajustement esthétique des moyens et des fins. Vous n'avez jamais su jaboter pendant des heures, ayant avec constance évité de parler pour ne rien dire, en musique et en conversation. L'ornementation n'est que parfois suggérée, vous la voulez toujours luxuriante, les pièces sont d'une variété inouïe, la liberté absolue dans l'interprétation de la partition nous est laissée, à nous autres, claviéristes souvent agiles. Les thèmes s'enchaînent naturellement comme paraissent le faire (illusoirement) les ronds dans l'eau lorsqu'on pratique le ricochet de galets plats. Parce que vous vous êtes toujours mis à la place de l'interprète, votre musique est conçue pour être recréée et non jouée.

Vous fûtes donc surtout un claveciniste, quoique écrivant aussi et admirablement pour l'orgue et pour la viole de gambe. Aucun instrument de grande résonance ne vous a résisté. Vous n'avez pu être rattaché à aucune école précise, votre musique demeure unique, ce qui correspond bien à votre personnalité farouchement indépendante. Avec cet instrument, vous étiez aventureux, peu enclin au conservatisme de l'expression ou de la sensibilité en développant un sens très aigu du pittoresque ou du descriptif.

Des exemples me reviennent… Je me revois, les larmes aux yeux, de l'exécution, par vous-même, de votre *Pavane en fa dièse mineur*, la tonalité privilégiée de l'inquiétude et de l'angoisse. Les trois parties de cette œuvre sont des entrelacs, à la mélodie d'une complexité croissante ; ce labyrinthe de sons semble se perdre dans ses propres arcanes, le matériau musical se consume de lui-même.

D'une amplitude égale, mais moins émouvante et plus intellectuelle, au point que j'ai dû l'étudier de près pour en comprendre le mécanisme, la *Chaconne en sol mineur* que vous avez interprétée aussi bien au clavecin qu'à l'orgue, m'a toujours fait battre la mesure et la chanter discrètement, car le thème en est aisé à retenir. Tout est dans le développement.

La *Piémontoise en la mineur* est un peu militaire, ou plutôt solennelle, écrite en accords qui m'ont effrayé par leur virtuosité. J'en ai aimé son ton noble et racé, quoique je m'y escrime encore un peu laborieusement, elle ne tombe pas sous mes doigts qui ne valent pas les vôtres.

Rien, peut-être, ne m'a autant bouleversé que l'ensemble des *Sarabandes*, ces danses si profanes et populaires et pourtant si majestueuses et nobles d'allure, au rythme modéré conçu à la fois pour la danse et la rêverie. Elles sont paradoxalement des sommets puisqu'elles ne sont pas destinées à élever, réduites parfois à quelques mesures d'une brièveté qui confine à l'évanescence, et leur dépouillement est proche de la nudité.

Quand on considère cette production, on se convainc aisément que pour un homme qui n'a vécu que trente-cinq ans, le bilan n'est pas déshonorant. Qui sera assez prolifique dans les années, les siècles à venir pour relever le défi ?

10

C'est alors qu'en consultant attentivement votre catalogue, quelque chose d'incongru ou d'étrange m'est apparu. Généralement, on remarque ce qui dépasse, ce qui est en trop - un bouton à côté du nez, un grain de beauté à l'orée d'un sein qui oblige la fille ou la dame à une tenue et une retenue appropriées, une cicatrice en légère excroissance sur le menton, une légère bosse du dos.

Le paradoxe, ici, est qu'il s'agit d'un manque, d'une omission que j'ai reliée à d'autres étrangetés de votre existence. En effet, dans vos œuvres, on ne voit pas de Messes, pas de Requiem, pas de Motets, rien de chanté, seulement de la musique instrumentale. Elle est portée à son point de perfection sans doute parce que vous y aviez consacré toute votre force créatrice, que vous n'avez pas dédié une minute de votre temps aux autres formes, en particulier orchestrales.

Cette absence s'expliquait-elle par un détail, une donnée précise de votre vie ? Que fallait-il entendre à cette musique qui n'était pas là ? Que nous disait-elle en n'étant précisément pas audible ? Qu'il n'y ait pas de parties d'office divin, rien qui élève par la voix, rien de sacré, m'a frappé de stupeur. Avez-vous craint d'écrire pour l'Église et ses chantres, de n'être pas à la hauteur du dédicataire ? Vous estimiez-vous incapable de composer pour les occasions heureuses ou funestes que Dieu nous envoie ? Vous jugiez vous indigne d'écrire pour la voix ? Qu'est-ce qui vous a décidé à n'emprunter qu'un seul chemin vers l'extase, qu'elle soit de nature strictement religieuse ou esthétique ?

Je me suis alors senti l'âme assez vile d'un lieutenant chargé de la police des mœurs ou des opinions. Car la mission qui m'avait été confiée m'a paru soudain lestée d'une densité nouvelle, comportant une part de mystère ou de secrets vous touchant au plus profond, celui de vos capacités démiurgiques et de leur consécration à Dieu. J'endossais alors sans trop de plaisir l'uniforme d'un vilain fureteur, d'un espion chargé par son puissant employeur sournois de fouiller les cœurs et les reins. Rassurez-vous *post mortem* : si la résolution de cette énigme vous concernant finissait par exciter les facultés de mon cerveau, c'était seulement pour ma propre satisfaction. J'aurais détesté diligenter une enquête sous les directives de gens qui ne sont que les héritiers des sinistres sectateurs de la Sainte Inquisition. C'est pourquoi je décidai de ne réserver mes conclusions qu'à moi-même.

Un deuxième fait m'a frappé. Lors de vos obsèques, aucun compositeur n'a joué de *Tombeau* qu'il aurait composé en votre honneur. Vous-même n'en avez écrit qu'un seul, à l'occasion d'un concours. Aucune musique qui rythme la mort en suggérant malgré tout qu'il y a un espoir, la perspective de la Résurrection, de la joie du croyant pénétré d'une puissante espérance. En somme, aucun musicien n'a voulu vous faire don, à l'heure de votre départ, d'un viatique inoubliable et attendu par les vivants puisqu'il leur prédisait, avec la fermeté d'un dogme, qu'ils vous retrouveraient dans les siècles des siècles. Votre disparition a-t-elle permis à tous vos collègues de s'accroupir et de se désaltérer aux eaux du Léthé, sur la rive des vivants, ce fleuve des Enfers dont le flot, lorsqu'on s'en abreuve, provoque instantanément l'oubli total ? Ne le méritiez-vous donc pas, ce Tombeau musical ?

Non, la raison est que vous aviez sinon interdit, du moins fortement découragé d'en entreprendre la composition. La demande, insistante, s'adressait à ceux qui étaient susceptibles de se lancer dans cette entreprise qui a un goût morbide. À moi, vous ne m'aviez pas fait part de votre souhait. D'abord parce que vous saviez que j'avais la superstition de ne pas l'écrire de votre vivant par crainte de provoquer votre fin et peut-être la mienne. Ensuite, quel artiste ne redoute-il pas de composer un Requiem qui soit joué pour ses propres funérailles ? Enfin, vous étiez convaincu que je n'en aurai pas le temps et vous aviez raison.

Je me suis efforcé de comprendre ce qui avait guidé vos choix résolus de compositeur. Remontant à vos années de formation, j'émets ici quelques hypothèses qu'hélas vous ne pourrez contester ou confirmer. Je rappelle aussi quelques faits bruts qu'il me reste à entrecroiser et à mettre en résonance pour comprendre leur logique d'ensemble.

Les années avec Champion de Chambonnières restent chargées de mystères et de bizarreries. Elles sont désormais bien lointaines, on ne peut donc en dire grand-chose. Vous étiez un jeune homme. À l'âge que vous aviez lorsque vous avez bénéficié des leçons de ce grand maître, on ne pense pas à élaborer de sombres mélodies destinées à être jouées lors de cérémonies funèbres mais des airs d'allégresse, des rengaines à boire ou destinées à célébrer les belles dont l'une ne manquera pas de tomber dans l'escarcelle sensuelle du chansonnier. Pourtant, de ces airs profanes, vous n'en avez composé aucun. Vous avez réalisé là un tour de force : ne créer une musique qui ne soit ni de divertissement pur, ni empreinte de religiosité attendue, vous contentant d'une musique infiniment et simplement sérieuse qui ne prend pas au sérieux, fluide, qui laisse la liberté à l'auditeur de rêver, de méditer, une musique faussement prosaïque et jamais facile.

J'aborde là l'un des points les plus délicats de mon enquête, qui touche au plus intime, au plus secret des consciences et des corps.

Il est établi que pendant presque toutes vos années parisiennes, vous avez vécu en célibataire, avec vos frères et sœur. Ils ont confirmé que vous étiez selon eux d'une chasteté absolue. Ils vous ont vu souvent en prière, jamais en position indécente ou compromettante. Point de créature, de jeune fille sage désireuse de devenir un peu femme ou de jeune femme ayant envie de retrouver une âme de jeune fille. Je n'imagine même pas que vous ayez fréquenté un de ces bordeaux où l'innocence se perd et la virilité croit se prouver. L'eussiez-vous fait, que cela ne nous concernerait en rien. Dans ces hauts lieux où l'épectase de l'apôtre survient parfois inopinément pour la plus grande satisfaction des victimes qui, hélas pour eux, n'en connaîtront point d'autre, vous auriez pu croiser de dignes ecclésiastiques qui laissent leur vœu d'abstinence à la porte décorée d'un lumignon avenant ou de quelque signalement connu des initiés. J'évoque, je suppute, je ne sais rien de précis... Sur ce sujet délicat, je garde cependant quelques conjectures pour l'extrême fin de mes réflexions, sinon de mon rapport public puisqu'il ne saurait être question d'un mémorandum diffusé.

Tout d'abord, rien ne nous permettait de douter que vos goûts si maîtrisés et j'ose le dire, si classiques se portent vers les femmes. Votre proximité d'avec le sulfureux Lully était musicale et artistique, elle ne fut jamais charnelle et par conséquent susceptible d'être condamnable par la loi et par l'Église – au bûcher dans les cas les moins discrets, aux galères dans les autres et, pour les puissants que la justice ordinaire ne concerne pas, au silence et à la continence. Il y a certes des exceptions connues, au sommet de l'État, où l'éclat du nom recouvre, sans la faire disparaître, la tache qu'entraîne inévitablement la pratique obstinée et exhibée de ce vice. Ce dernier demeure pourtant sans conséquence pour le pécheur ; tout le monde se tait et se voile la face, afin de ne pas rire ou de ne pas pleurer. Il y a des scandales aussi grands que des montagnes, on ne dénonce pas plus ceux-ci qu'on ne franchit celles-là sans risquer de se trouver en territoire inconnu et dangereux.

Pourquoi ne vous êtes-vous pas marié ? Il faut être deux, répondriez-vous, et l'âme sœur ne se trouve pas sous les sabots d'un percheron. Certes, mais enfin… Souci d'indépendance, pression de votre employeur la sainte Église, ou simplement retenue timide des sentiments ? Les trois raisons indistinctement ? L'apprendra-t-on jamais ? Avant d'exprimer une hypothèse plausible, d'abord je suivrai des pistes de travers, c'est-à-dire des chemins qui mènent à la vérité sans emprunter de ligne droite. En l'occurrence, il sera question de tout sauf, justement, de femme, et d'amour.

Il faut en effet revenir à votre période de compagnonnage avec Johan Jakob Froberger. Après ses études dans sa ville natale, il s'est rendu à Vienne vers 1634 et parvint à entrer comme troisième organiste au service de l'empereur d'Autriche. Le souverain, dans sa grande magnanimité, lui accorda un congé pour se rendre en Italie et y parfaire ses connaissances auprès de l'organiste de la basilique Saint-Pierre de Rome, Girolamo Frescobaldi. Vous avez joué quelques-unes des pièces de cet instrumentiste et compositeur dont la renommée s'est étendue dans toute l'Europe.

C'est à cette période qu'est intervenue une péripétie qui a touché une de vos connaissances. Cet étrange épisode m'a incité à réfléchir plus avant, à m'engager sans retenue dans ma mission d'investigation sans crainte de soulever quelque animal dangereux pour votre réputation passée et votre renommée future.

Johann Jakob Froberger, votre aîné de sept ans, était un musicien selon votre cœur. Contrairement à vous et bien sûr à moi-même, voyageur infatigable, il a été plus qu'aucun d'entre nous proche de toutes les traditions nationales du clavier et du luth en Europe : Italie, en France, aux Pays-Bas, en Angleterre et bien sûr en Allemagne, son pays de naissance. Véritable inventeur de la suite de danses que vous avez adoptée dans plusieurs de vos œuvres, la plupart d'entre nous musiciens, le comptons au nombre des plus importants compositeurs allemands pour les instruments à clavier.

Fils d'un maître de chapelle à la Cour du Wurtemberg, une région traversée par les querelles religieuses, dévastée sur tous les plans, il avait été baptisé luthérien. Or, vers ses dix-huit ans, il se convertit au catholicisme, une condition *sine qua non* pour pouvoir se rendre à Rome, guère tolérante envers les hérétiques. Il fut autorisé à étudier et travailler avec d'autres artistes, essentiellement au service des papes. C'était, à son endroit, une faveur insigne. Il aurait pu être inquiété, ostracisé ou ignoré. On se serait gardé cependant de l'exécuter pour sa déviation religieuse : on ne sacrifie pas la brebis qui revient d'elle-même au troupeau, au contraire, on la choie. Mais il lui fallait prendre garde, la casaque de la foi ne peut se retourner dans tous les sens au gré d'humeurs spirituelles vagabondes : l'accusation de relapse amène encore au bûcher.

Je pense que vous avez profondément détesté son apostasie. Elle heurtait votre morale, un parfait synonyme, à vos yeux, de la fidélité, un mot frère jumeau de foi. On ne vend pas son âme pour un plat de lentilles, on ne vend pas sa foi pour un voyage dans la « grande Babylone » comme le disait Luther, sauf si l'on n'a aucune conviction d'aucune sorte. Auquel cas, tout est possible, y compris le crime. Vous étiez d'avis que même Paris et ses orgues « ne valaient pas une messe », une assertion que je crois vous avoir entendu un jour grommeler. Il était d'ailleurs dangereux de s'exprimer ainsi, à haute voix ou par écrit, quelques décennies après le sacre d'Henri IV, le pauvre roi assassiné. J'avais été étonné de votre audace, ce bon mot viendra à l'appui de mes conclusions.

La preuve de votre répulsion de la trahison au moins spirituelle dont s'était rendu coupable, à vos yeux, le musicien wurtembergeois a été votre refus d'accepter la place de Chambonnières qu'on vous proposait alors. Vous l'avez méprisé, ce reniement de la promesse que tout croyant fait de demeurer dans le giron de la religion de son baptême… malgré ce qui a suivi. Du reste, vous en avez discuté vigoureusement avec Johan Jakob. Vous teniez à lui faire renoncer à son renoncement, ou, à tout le moins, essayer de le comprendre. Il vous a alors parlé des occasions qui s'offraient à lui dans le monde catholique. Il a aussi évoqué la situation de sa propre religion où la musique avait tenu une grande importance, hélas réduite à présent : sous l'influence de princes ou de ducs à l'esprit rétréci, une frange active du luthéranisme rejetait, de cet art, ce qui n'est pas limité strictement au cantique et au choral. Elle abhorre la musique lorsqu'elle s'épanche presque obscènement, « s'ébroue dans des volutes baroques, se vautre dans des fioritures équivalentes aux *disputationes* et autres querelles absconses de ce concile de Trente, une réunion démoniaque qui a fait tant de mal », comme le lui avait affirmé un pasteur...

Vous avez opposé à Johan Jakob un très bon musicien qui lui, ne s'est pas renié, mort une douzaine d'années avant votre naissance. Hans Leo Hassler, né en plein cœur de l'Allemagne, à Francfort, alors âgé de vingt ans, fut envoyé à Venise en 1584 auprès des illustres Gabrieli, une famille qui ressemble un peu à la vôtre. Hassler fut le premier compositeur allemand à faire son tour d'Italie, une initiative heureuse dont j'espère qu'elle deviendra une tradition. Grâce à ces études brillantes, il obtint la place d'organiste de la cathédrale d'Augsbourg chez le comte Fugger, en Bavière. L'homme, dont le portrait traduit bien l'humilité, avec son regard à la fois résolu et doux, accepta de n'exercer qu'une influence réduite et de n'occuper que des postes au-dessous de ses grandes capacités parce qu'il était profondément protestant dans une région très catholique. Il finit sa vie, couvert d'honneurs à Dresde, une ville luthérienne et tolérante qui ne lui tint pas rigueur de ses pérégrinations spirituelles et confessionnelles. Il expira dans la religion dont il avait reçu les eaux lustrales : pas d'exhibitionnisme ni de prosélytisme de sa part, pas de compromission durant une existence frugale où il se contenta de peu pour ne pas avoir à se dédire de l'essentiel.

Une personnalité inflexible chasse l'autre dans mes souvenirs. En effet, je me suis alors rappelé que vous aviez côtoyé, aussi souvent que possible, Blaise Pascal. J'ai déjà évoqué cette rencontre qui vous avait tant marqué et que je tairai dans mon rapport à remettre au chapitre. Ce petit grand homme exceptionnel au physique quelconque voire ingrat avec son nez en bec d'aigle et son front fuyant, doté de toutes les qualités intellectuelles et morales, était passionnant, digne qu'on passât avec lui toutes les heures que l'on veut consacrer à s'instruire et à nourrir son esprit dans les domaines divers de la science, de la foi et de la philosophie. Ainsi s'explique probablement votre proximité d'alors avec lui, une fréquentation épistolaire et personnelle.

Il y a eu le Pascal des Physiciens et des Astronomes. Votre musique, dont chaque opus pourrait se prolonger à l'infini, en festons d'une guirlande éternelle dont on n'atteindrait jamais le point d'équilibre et qu'il faut pourtant bien achever - l'interprète et l'auditeur n'ont pas l'éternité devant eux - ne reprend-elle pas, à sa manière, la définition qu'il donnait de l'infini : un cercle dont le centre est partout et la circonférence nulle part ? Cependant, le Pascal qui vous a d'abord fasciné est celui des *Provinciales,* ces *Lettres écrites par Louis de Montalte à un provincial de ses amis et aux RR. PP. Jésuites sur le sujet de la morale et de la politique de ces Pères.* Ce polémiste de la foi (on ne l'attendait pas dans ce rôle) prend fait et cause pour un théologien, Antoine Arnauld, menacé gravement par la Sorbonne. Vous les avez lues lorsqu'elles parurent, à partir de janvier 1656 - vous m'en avez parlé à deux reprises, en des termes dithyrambiques, « ah, la langue, si fluide, et puis l'éloquence, et l'intelligence des arguments… ».

Ensuite, il vous a fallu être attentif dans l'expression de vos opinions religieuses. Critiquer la Compagnie de Jésus et sa casuistique n'était et n'est toujours pas sans grand danger. Vous vous êtes prudemment tu depuis lors, sur ces sujets : à jésuite, jésuite et demi. Je suis enfin convaincu que, effrayé comme lui par le silence des espaces infinis, vous avez composé une musique questionnante, j'ose écrire métaphysique, afin de le rompre et de l'habiter d'accords et de mélodies.

Les *Provinciales* étaient *a priori* bien loin de vos préoccupations d'instrumentiste. Elles étaient au cœur de disputes complexes entre jansénistes et jésuites portant sur la grâce et les pratiques sacramentelles, des questions essentielles et totalement inutiles, il faut l'avouer, pour tout homme ordinaire. De plus, elles vous éloignaient de vos soucis habituels - les règles de composition, le choix du bon tempo ou de la juste accentuation d'une gamme ascendante, d'un arpège descendant., l'opportunité d'une indication de basse continue, l'obligation d'une barre de mesure.

Alors, pourquoi avoir risqué ces maux de tête, ces vertiges que causent immanquablement les interrogations ultimes auxquelles nulle réponse rationnelle n'est possible. Seuls les enfants osent les poser avec naturel. C'est sans doute que vous leur attachiez une importance plus grande que ce qu'on pouvait imaginer, surtout les commanditaires de ma mission. Heureusement qu'ils ne savaient pas l'étendue de vos préoccupations, qu'ils étaient ignorants de votre curiosité et qu'ils sont souvent ignorants tout court.

11

J'ai poursuivi mon enquête et je suis tombé sur des faits peu connus sans doute. Il est bon qu'ils le demeu-rassent, cela commence à devenir périlleux.

D'abord, vous êtes revenu perplexe, bouleversé même, de l'une de vos entrevues avec Pascal, justement, qui suivait une confrontation que vous avez jugée « es-sentielle ». Vous aviez prononcé ce mot d'une façon si pénétrée que j'en fus frappé, les mots, comme les notes, pèsent leur poids exact chez vous.

Elle eut lieu en septembre 1647. Deux hommes se sont alors rencontrés à Paris, dans une maison discrète du Marais, tout près de l'église Saint-Merri. Vous étiez jeune encore mais déjà intéressé par les rapports entre la musique et les sciences ainsi que ceux entretenus entre nos sensations et notre intelligence, entre le corps et l'âme. Et c'est pendant l'adolescence et la jeunesse que l'on peut décider d'être, en ces matières qui excitent aussi la sensibilité et la pure faculté de raisonner sans scorie, le plus original et le plus productif des contribu-teurs.

Vous m'avez dit récemment que ce jour-là, ce n'était pas seulement le natif de Clermont, le jeune homme de vingt-quatre à peine qui attirait les regards et fascinait les esprits, mais aussi un autre mathématicien philosophe, tourangeau celui-là, voyageur impénitent et déjà sur les crêtes de la vieillesse, à cinquante et un ans. Cet homme grand, qui se prenait tout le temps et avec raison pour un grand homme dit-on, au regard noir et sévère avec ses cernes prononcés et ses paupières tombantes, au nez fort avec lequel il humait, pour s'en repaître, toutes les questions de géométrie, d'algèbre, de philosophie et de théologie, toutes celles auxquelles son jeune collègue se passionnait également, s'était domicilié aux Provinces Unies. Il était célèbre dans l'Europe entière comme philosophe et scientifique, ses travaux connaissaient un énorme retentissement, suscitant de vastes polémiques dans les milieux cultivés. Il trouvait dans le petit pays septentrional un air plus libre qu'en France, disait-il *mezza voce* avec un sourire offusqué. Préoccupé donc par les mêmes questions que Pascal, il fournissait des réponses qui semblaient sentir le soufre, susurrait-on du côté de l'autel. Vous aviez résumé la rencontre en disant qu'elle « était comme la confrontation entre la glace, monsieur Descartes, et le feu, monsieur Pascal. La réconciliation des deux n'est féconde qu'en musique… ».

Pourtant, ils avaient beaucoup en commun, et tant à partager. Un même enthousiasme pour les progrès de la science moderne semblait animer leurs esprits jamais en repos. Leur ambition, si éloignée de celle des musiciens, était de débusquer les secrets de la nature. Ils ont tourné le dos aux explications simplistes des scolastiques qui se réfèrent aux philosophes grecs, perroquets qui ne savent que répéter « Aristote l'a dit » comme d'autres ne savent que dire « Dieu le veut ». Ils cherchent un enchainement logique des causes et des conséquences, des explications qui se tiennent sans béquille. Ce rejet d'un principe d'autorité inadmissible dans le domaine de la philosophie naturelle n'est-il pas aussi une composante de la liberté en musique ? Du reste, le natif de La Haye avait évoqué la nécessité d'un repère, une convention permettant de joindre plusieurs branches du calcul mathématique, l'algèbre, l'analyse, et la géométrie. Vous avez ajouté à mon intention, avec un sourire pas si modeste :

- Le propos de ma musique est inverse : se passer le plus possible d'un repère.

Ils dialoguaient, mais à fleurets mouchetés, sur un fond un peu rance de jalousie et de vanité intellectuelle, deux passions dérisoires et vaines que l'homme des *Pensées* allait renier peu après, une fois la fougue de ses jeunes années passée. L'auteur du *Discours de la Méthode*, un livre largement diffusé suscitant des polémiques dans les milieux éclairés et que, du reste, vous aviez eu entre les mains, s'attribuait bien des avancées de la science lorsqu'il donnait une conférence. Il prétendait ainsi, à mots couverts, avoir inspiré les expériences du Puy-de-Dôme sur le vide qu'avait conduites celui qu'il considérait d'abord comme un remarquable rival.

Vous avez appris après sa mort, dont personne n'a connu le jour exact de février 1650, que, cinq mois auparavant, il avait accepté de devenir le précepteur de la reine Christine à Stockholm. La souveraine, une force de la nature habituée aux rudes mœurs septentrionales, aimait les méditations, les mathématiques, la métaphysique, la physique et les exercices du corps, les hommes, les femmes et même les cardinaux, les frimas, les repas copieux, les vins français et les petits matins où, sur son archipel glacial, un soleil timide hésite longtemps à se lever entre septembre et juin, n'éclairant guère un ciel bleu pastel. Descartes, convoqué quotidiennement dès potron-minet dans les antichambres du palais à peine chauffé, nourri exclusivement de poissons, de bière et d'un peu de céréales, pas de fruits, pas de légumes, forcé à discuter et disputer, n'aurait pas supporté ce régime ascétique et exténuant. Il serait mort des fièvres consécutives au froid humide permanent et à la faiblesse grandissante de sa complexion.

Mais une autre hypothèse à laquelle vous avez prêté une oreille attentive a été celle d'un empoisonnement à l'arsenic, exécuté par la sainte entremise d'une hostie : au crime, l'Église aurait ajouté un infâme sacrilège et un blasphème en acte. Un aumônier et missionnaire apostolique, un personnage réputé secret et cauteleux, François Viogué, était attaché à l'ambassade de France à Stockholm où résidait le mathématicien philosophe. On l'y avait envoyé peut-être même pour cette raison. L'Église et le trône auraient craint que l'influence cartésienne, notamment le refus discret de certains dogmes, ne dissuadât la reine Christine luthérienne de se convertir au catholicisme, ce qui eût constitué un échec de la diplomatie de Paris et de Rome. Ce fut d'ailleurs inutile, puisqu'elle finit par franchir le pas un peu plus tard, bien après le décès de son conseiller-professeur. Le précepte théologique qui hérissait celui qui se présentait comme l'homme de la Raison, dont la métaphysique et l'idée qu'il se faisait de la transcendance fussent compatibles avec le protestantisme, était justement celui que refusaient entre autres Luther et Calvin, la transformation effective de l'hostie en le corps du Christ. Au cours de plusieurs messes matutinales, le prêtre aurait mis dans la bouche de son illustre paroissien du pain azyme consacré trempé dans du poison déposé au fond de la patène. Une substance sans odeur ni saveur. Les symptômes relevés par le médecin royal furent en effet étranges : coliques, frissons, vomissements, sang dans l'urine… À la même époque, Descartes se faisait préparer, dit-on, un antidote, un émétique à base de vin et de tabac, ce qui laissait penser qu'il suspectait bel et bien la préparation d'un attentat sournois sur sa personne. On comprend qu'il se protégeait, car justement, sa personne, il la tenait en haute estime, mais on ne peut lui reprocher d'avoir voulu se protéger - tout être a le désir légitime de se poursuivre en lui-même, de se perpétuer en sa propre existence. Quand vous avez appris sa mort et les circonstances troubles qui l'entouraient, vous êtes resté muet et épouvanté. Quelles conclusions en avez-vous tirées, sur l'Eglise catholique en tant qu'institution terrestre confrontée à la politique et à la raison d'État, sur les relations entre le pouvoir royal et la spiritualité, sur la foi chrétienne et ses principes fondamentaux, le Décalogue et son « tu ne tueras point » ?

Un deuxième fait relève d'une miraculeuse conjonction de coïncidences. Saint-Gervais où vous avez servi tant d'années, qui a résonné des pleurs versés à l'occasion de votre disparition et qui abritera vos restes jusqu'à la consomption des temps, a subi un ravalement approfondi de la façade. Or, ce dernier est dû à l'architecte Salomon de Brosse qui s'y attela avec enthousiasme de 1616 à 1621. Certes, il a dressé les plans du Palais du Luxembourg à Paris pour les Bourbon, faisant preuve d'un dévouement et d'une loyauté totale à l'endroit de Sa Majesté très catholique, Roi de la fille ainée de l'Église et qui, dans un vœu de 1638, a consacré la France à la Vierge Marie. Mais on sait qu'il a été et est demeuré, sa vie durant, dans sa morale comme dans ses convictions, protestant. Jeune architecte d'un peu plus de vingt-cinq ans, il n'a pu se rendre dans la capitale à la fin du siècle dernier afin d'y travailler qu'à la suite de la promulgation de *l'édit de pacification* signé à Nantes. Il a été inhumé l'année de votre naissance, le 9 décembre 1626, au cimetière Saint-Germain. Étrange suite de hasards qui eussent intrigué le Pascal des calculs de probabilités : vous et lui dévoués à cet édifice religieux, et ce cimetière dont le nom n'a rien à voir avec l'église éponyme, dévolu aux protestants dès le XVIème siècle…

Dans la même veine, j'ai eu quelques doutes quand je me suis rappelé votre enthousiasme devant les œuvres de l'illustre ouaille de la paroisse, Philippe de Champaigne. Vous avez aimé surtout ses productions les plus récentes, au style pour le moins austère. Je date sa conversion picturale et psychologique du moment où il a réalisé des peintures religieuses qu'il s'est ingénié à rendre aussi laïques que possible, une étrange contradiction artistique qu'il tente de résoudre depuis maintenant quinze ans. Son portrait d'Angélique Arnauld, où aucun détail n'atteste la dévotion profonde de la religieuse puisqu'elle n'est pas en prière, n'a pas de crucifix ou de chapelet entre les mains. Elle n'exhibe pour tout signe religieux qu'une grande croix rouge sur sa robe de bure, vous avait fasciné par sa sévérité, sa rectitude, sa perfection glacée. Rien de trop, rien d'inutile, rien qui attire l'attention en dehors de l'essentiel. Fioritures bannies, maniérismes excommuniés. L'œuvre fut terminée en 1648 lors de la signature des *Traités de Westphalie* qui clôturaient enfin les guerres de religion et leur cohorte d'horreurs ; là non plus, il ne s'agissait pas de hasard. Vouloir qu'on ne s'entretue plus entre chrétiens est une démarche plutôt œcuménique qui devrait être bien vue de quiconque adhère au message évangélique. Avez-vous appris que de Champaigne avait demandé lui aussi à être enterré dans le cimetière Saint-Germain ? Si on devait accéder à sa demande, on y entendrait des dialogues souterrains de haute tenue mais peu orthodoxes...

Je prolonge l'exposé de mes intuitions, au fil de ma plume, tout en sachant qu'un faisceau d'indices ne fonde qu'un doute substantiel et ne constitue jamais une preuve irréfutable.

J'ai su qu'il y a quinze mois environ, Anselme, un de vos élèves, un de mes jeunes camarades à la tête écervelée et au talent très bien caché, avait plaisanté, sans savoir que les prémisses de la maladie vous avaient déjà

95

atteint. On m'a rapporté que, sur ce ton badin qui sied aux innocents, aux faibles d'esprit ou aux cyniques, il vous avait déclaré, après l'aveu d'avoir négligé les morceaux et les exercices que vous lui aviez donné à préparer :

-Vous pouvez mourir tranquille, maître, la relève est assurée dans l'art de la viole de gambe. Il y a un jeune homme qui est déjà un dieu dans la pratique de cet instrument. De surcroit, il a un beau nom, il s'appelle Jean de Sainte Colombe. »

Vous n'avez rien répondu. Vous avez sans doute avalé votre salive et votre humiliation devant la désinvolture et l'impudence de l'ingrat que vous vous échiniez à former, malgré tout. Vous êtes parti un long moment, on ne sut où. Quelques investigations dans la recherche d'un poste m'ont mené jusque dans nos provinces : votre rencontre avec lui s'était déroulée à Lyon, où ce Palois de naissance au patronyme d'oiseau de paix s'était arrêté en chemin vers la capitale, afin de recevoir ou plutôt de donner quelques leçons. Car, âgé de vingt et un ans aujourd'hui, il ne reçoit désormais plus de conseils de personne puisqu'il surpasse tout le monde.

Quoiqu'il soit toujours en demande d'éclaircissements et d'aide (non, d'un conseil amical) afin de parfaire encore sa technique, lorsqu'un professeur se présente, ce dernier abandonne très vite la place, émerveillé et découragé, n'ayant plus rien à lui enseigner : en musique, il y a des choses qu'on ne peut instruire, il faut seulement les travailler et cultiver son talent, qui, comme chacun le sait, est un don de Dieu mécontent de nos paresses, capable de punir lorsqu'on s'y complait.

Vous êtes allé l'entendre ou plutôt l'écouter. Il vous a reçu, a annoncé qu'il allait d'abord rejoindre ses pairs à Paris (il y a peu de gambistes en province), accessoirement à la Cour. C'est tout ce que l'on sait aujourd'hui de votre discussion professionnelle. Sur vos échanges spirituels, je me perds en conjectures puisque rien n'en filtra. Quoi qu'il en soit, la famille du musicien est originaire de l'extrême sud-ouest de la France, une de ces languettes du territoire où fut déposé et reçu, avec bienveillance et avec ferveur, le nectar sans sucre du protestantisme. Parents et enfants Sainte Colombe l'ont trouvé à leur goût, s'en sont nourris. Sur tout, y compris leurs convictions profondes, ils sont toujours restés discrets, par devoir et par prudence, bien que leur entourage proche sût pertinemment qu'ils appartiennent à la *Religion Prétendument Réformée*. Leurs croyances, après tout, ne regardent personne depuis que le royaume est pacifié mais on sait bien qu'à notre époque, on ne respecte pas plus le secret des cœurs et des âmes que celui des enquêtes ou des instructions de justice. Ils ont eu bien raison de ne rien rendre public, on n'est jamais trop prudent, les poignards sont à portée de gant, les haines à peine assoupies et les blessures encore à vif.

12

Vous-même avez négligé d'observer un rite, je vois là encore dans cette irrévérence un élément intriguant. Je fais allusion à l'insolence dont vous avez témoigné à l'égard du prêtre appelé par vos proches pour vous administrer l'extrême-onction, il y a déjà quelques jours – une précipitation bien regrettable. Le brave ecclésiastique s'en est ouvert ensuite avec perplexité et rancœur auprès de vos frères. Il voulait procéder selon les règles en commençant par vous oindre le front et les yeux. Vous l'avez arrêté dans son geste avec toute la force qui restait dans votre corps affaibli. Comme il s'en étonnait fermement, vous lui avez répondu, dans un émouvant sourire qui l'a calmé et vous a valu son indulgence, qu'il risquait, en versant de l'huile fût-elle consacrée, de vous priver en partie de votre vue. Vous en auriez un grand besoin, avez-vous affirmé, « pour jouer de votre instrument auprès des anges et de Dieu, soit dans les heures qui allaient suivre, soit le jour de la Résurrection, vous ne pouviez préciser la date ».

Il voulut alors passer le chrême sur vos pieds, un usage rare mais en vigueur chez les plus consciencieux des hommes de Dieu. Vous l'avez encore une fois empêché en lui rappelant que l'orgue exige aussi l'usage des membres inférieurs. « Priez pour mon salut… Votre prière sera suffisante » avez-vous déclaré dans un souffle, et ce furent, semble-t-il, vos dernières paroles audibles. Le prêtre n'insista pas, il pensa que votre fin de non-recevoir s'expliquait (le cas se rencontre souvent) par l'espoir de guérir. Votre refus de vous laisser frictionner d'un baume gras ne s'expliquerait-il pas plutôt par le fait que selon vous, l'extrême onction ne saurait être qu'un pseudo-sacrement, une usurpation d'eucharistie et au fond, une superstition ?

Mais tout cela ne serait rien s'il n'y avait ce qui aurait pu changer votre existence même…Je vous dois un aveu qui permettra d'en finir avec certaines des questions intimes concernant votre personne. Je veux évoquer ce que j'ai vu, au moment précis de votre ensevelissement dans le caveau qui va vous accueillir pour le reste des temps, jusqu'à ce moment où il est dit que nous vous donnons rendez-vous en Dieu, ce jour promis où le Christ nous ressuscitera.

L'abbé Sachot devait finir de rendre les honneurs à ce corps baptisé qu'il devait appeler à revivre dans les siècles des siècles. Il s'est donc avancé vers votre dépouille. Il l'a encensée et l'a bénie, en thuriféraire ému. J'ai discrètement observé du coin de l'œil tous ceux qui s'étaient assemblés pour vous : votre parentèle manifestement affligée, votre élève Anselme à l'attitude impénétrable, le regard ailleurs, indécrottable distrait souvent triste ou seulement simplet, des instrumentistes qui n'avaient oublié ni le compositeur ni l'interprète que

99

vous fûtes, de rares jeunes gens reconnaissants qui avaient reçu des leçons, des nobles qui l'étaient vraiment puisqu'ils étaient venus sans crainte de déroger se mêler à la roture pour vous rendre hommage.

Tout à coup, je l'ai aperçue et aisément identifiée. Pourtant elle avait fait ce qu'il fallait afin qu'on ne la reconnût pas, qu'on ne la dérangeât pas dans son recueillement. Un voile recouvrait une partie de son visage mais ce que l'on en voyait était magnifique. Elle a votre jeune âge, aucun excès n'a eu le temps d'altérer ses traits et épaissir son apparence. Son corps de jupe, gris et lâche, lui laissait manifestement la liberté de mouvement et n'était sans doute pas baleiné, il était sans plastron ni busquière. Enfin, une courte robe était d'un noir de grand deuil et méritait bien, dans la dénomination imagée des atours féminins, son nom de *modeste*. Oui, Blanche de Sainte-Orse, depuis peu abbesse du couvent-prison des Madelonnettes, vous a fait l'honneur de venir vous saluer et vous rendre un dernier hommage.

J'avais d'abord entendu évoquer par d'autres, çà et là, la haute figure de cette femme que j'avais d'abord entrevue dans son cloître, avec d'autres musiciens, à qui elle souhaitait demander conseil sur le meilleur artisan susceptible de construire un orgue, un positif d'assez grande taille, pour sa communauté. Et puis, peu après, je l'ai revue, par hasard, alors que je me rendais dans votre demeure, sortir précisément de chez vous. J'étais en avance pour ma leçon, elle devait avoir prolongé sa visite. Prévenant une question que vous m'auriez posée, j'affirme que je ne vous espionnais pas, notre rencontre fut totalement fortuite. Je n'ai jamais voulu forcer quoi que ce soit de votre vie personnelle. D'ailleurs, la dame ne se cachait pas vraiment, sans trop d'efforts on pouvait la reconnaître, elle souhaitait seulement rester discrète et dissuader tout fâcheux par son maintien. De nos jours, les femmes bien nées qui se rendent chez des hommes célibataires tentent d'en quitter les maisons et sans doute la chambre en secret afin de pouvoir continuer à *demeurer du monde*. Elle était seulement pensive, n'arborant en aucun cas, pour ce que j'en vis, cet air rêveur, ravi, réjoui ou repu que l'on voit sur les visages des dames comblées.

Je l'ai enfin rencontrée avant qu'elle ne se décide à entrer dans les ordres en des circonstances moins spirituelles qu'intellectuelles. Il n'y a là aucun paradoxe. En effet, nous avions été conviés, avec quelques personnes, au salon de Madeleine de Scudéry, rue du Temple, qui l'avait installé à l'occasion de ses… quarante ans, disaitelle. Admettons. Personne ne lui reprochera de ne pas savoir très bien compter, elle a tant d'autres qualités unanimement reconnues parmi tous les esprits brillants qui cherchent à comprendre l'univers, les phénomènes naturels, les sentiments, bref, la Création et les raisons de l'admirer.

Blanche de Sainte-Orse avait été invitée à livrer ses réflexions sur les sciences et la médecine qu'elle avait préalablement soumises à Pascal et Descartes, justement. Les deux penseurs les avaient louées pour leur pertinence et leur profondeur. En tant que femme désireuse de s'instruire et de contribuer aux progrès du genre humain, elle avait évidemment sa place dans ce cénacle parisien où personnellement, j'avais été invité deux ou trois fois et où je ne me rendrai plus. La musique exige un dur et quotidien labeur exclusif d'autres divertissements dévoreurs de temps, surtout ceux qui traitent de sujets futiles, précieux ou oiseux, qui sont devenus hélas les seuls qu'on y traite désormais - les lieux de culture se fanent comme les fleurs. Passer son samedi (le jour des assemblées) à disserter afin de savoir où situer l'Amitié par rapport à l'Estime sur une carte du Tendre qui reste à établir me paraît vain et moins instructif que de fixer sur papier des accords à retenir pour tenter de charmer des hommes et des femmes de toute condition.

Préoccupée de questions théologiques, mademoiselle de Sainte-Orse était aussi éloignée que possible de la religion elle-même, qu'elle envisageait à ce moment de son existence comme un réservoir de questionnements plus qu'un bloc de foi structurée ou un corpus dont on ne discutait pas les fondements. Son intelligence était pétrie du souci exclusif de la recherche de rationalité, donc de physique, de mathématiques, des interrogations qu'on disait peu féminines, éminemment pascaliennes ou cartésiennes et qui passionnaient les habitués du salon. Elle était un joyau pur au milieu de la verroterie de pacotille formée par la plupart des invitées, une voix précise dans la galerie des « précieuses » bavardes comme des pies occupant la ruelle de madame de Scudéry.

Blanche de Sainte-Orse évoqua ce qui l'intéressait d'abord en matière de musique, l'harmonie, où elle voyait l'illustration sonore et divine du calcul et de l'analyse des proportions reprenant une conception que les Grecs, qu'elle lisait semble-t-il dans le texte, avaient déjà répandue. Sur le plan religieux, à ses yeux, la foi et les textes devaient donc être soumis à la critique historique et à la logique, sans que les personnes qui en font leur métier (elle avait préféré ce mot à celui de sacerdoce) puissent s'y opposer au nom d'on ne sait quel tabou. Elle utilisa des mots qu'elle dut expliquer, *exégèse, herméneutique, patristique,* ce qu'elle fit sans pédantisme et même avec le plaisir du professeur qu'on écoute. Elle précisa que certaines notions venaient de théologiens protestants de France ou d'Allemagne. Il valait mieux ne pas mentionner ces derniers à Paris : les quelques penseurs germaniques connus n'étaient pas les bienvenus, leurs idées sentaient trop le soufre au nez de l'Église et du Roi. Elle disserta ainsi de plusieurs thèmes, précisant toutefois qu'elle ne possédait un peu que quelques étroits arpents de l'immense continent de la connaissance.

D'évidence, mademoiselle de Scudéry appréciait les propos et la personnalité de son invitée, son regard dur et noir d'habitude laissait entrevoir des lueurs d'indulgence et ne quittait pas celle qui à ses yeux l'égalait en intelligence, un aveu public qu'elle fit plus tard. La conférencière avait enfin la supériorité de son âge, plus jeune de quinze ans que son hôtesse, la marge de progression de ses aptitudes était impressionnante. Que s'est-il passé pour que Blanche apostasie sa dévotion à la science au profit d'une foi catholique retrouvée et devenue si forte qu'elle l'a incitée, in fine, à accepter une charge ecclésiastique ? Personne ne peut répondre à cette question, peut-être même pas elle. Les termes Foi et Foudre commencent par la même lettre et présentent une identique densité sonore.

Celle qui est votre exacte contemporaine pouvait vouloir évoquer avec vous quelques souvenirs communs du temps de votre adolescence puisqu'elle est la nièce de Marie de Hautefort, restée quelques temps à la Cour après la mort de Louis XIII, et que les deux jeunes femmes ont habité ensemble durant six mois. Vous avez donc croisé Blanche, si l'on peut dire à la cour des courtisans, c'est-à-dire le lieu qui réunit ceux qui ne se trouveront jamais que dans un deuxième cercle entourant le Roi Soleil, sauf s'ils ont la chance d'être un jour remarqués pour leur beauté ou leur talent. Le soir où je l'ai aperçue, elle était venue vous rendre visite d'abord afin de discuter de sujets graves et sérieux, elle s'était fortement rapprochée des fréquentations de Blaise Pascal et des messieurs de Port Royal. Puis un sentiment plus trouble l'a progressivement saisie. Vous n'étiez pas laid, vous étiez jeune et déjà un artiste reconnu, elle s'ouvrait au monde et n'était pas de ce bois dont on fait les bancs d'église.

Peut-être un hasard déjà ancien l'a-t-elle conduite sur une voie qu'elle n'avait pas pensé emprunter.

Il y a exactement cinq ans, la belle et talentueuse Ninon de Lenclos, que bien des dévots avaient envie de voir brûlée vive - l'un des abbés de Saint-Gervais n'était pas le moins véhément sur ce chapitre, sans mauvais jeu de mots - fut enfermée sur ordre de la reine aux Madelonnettes. On connait la réputation détestable de cet étrange couvent où l'on a d'abord emprisonné, surtout les femmes de mauvaise vie. Qu'Anne d'Autriche ait jeté pour compagnes d'infortune à la dame la plus élégante et la plus lestée dans toutes les disciplines de l'esprit les créatures les plus légères et parfois les plus abjectes du royaume prouve assez la grande charité chrétienne d'une fervente catholique qui a érigé le partage des misères en apprentissage de l'humilité. Du reste, sur le strict plan des amours multiples et parfois tarifées, lesdites créatures n'en remontraient pas beaucoup à leur codétenue. Elle avait bien fait d'en profiter, sa liberté de mouvements lui a été accordée si parcimonieusement. Quoi qu'elle fût encore jeune, elle avait vu s'approcher très près d'elle tout ce que l'époque avait produit d'hommes intelligents ou riches ou nobles. Alors, elle s'attachait un peu, et si les trois qualités étaient réunies en un seul individu, la passion pouvait durer au moins, disons, six mois. Guère plus.

Ninon, surnommée « la grande amoureuse » par ceux qui ne la détestaient pas, a croisé dans les couloirs du sévère bâtiment conventuel Blanche de Sainte-Orse, qui y faisait parfois retraite spirituelle avant donc d'en prendre la charge. À son premier voyage à Paris, cette même année 1656, la reine Christine de Suède accorda une rencontre privée à la courtisane tout juste libérée :

la plus libre des souveraines d'Europe avait la plus haute opinion de la femme la plus libre du royaume de France. Qu'elles aient eu des terrains de connaissance et des intérêts communs est un signe que le vent de l'esprit ne connaît ni les frontières ni le sexe.

Qu'a-t-il résulté de ces croisements entraînés par le hasard ? J'ai aujourd'hui le sentiment d'une ronde, d'une guirlande éblouissante où des personnages remarquables à bien des égards s'étaient retrouvés, à un certain moment, parfois ensemble, parfois solitairement dans les pensées que leurs correspondants ou leurs interlocuteurs avaient suscitées. Chacun, chacune a pu, au contact des autres, à l'échange des opinions, affirmir ou affaiblir sa foi, aiguiser sa culture, bouleverser ses opinions, en un mot, penser et peut-être aimer. Vous aviez remarqué ces prénoms, Ninon, Madeleine, Blanche, et vous avez estimé les dames remarquables qui les portaient. Toutes prouvaient à vos yeux qu'enfin on laissait aux femmes la possibilité d'illuminer la scène de l'esprit que les hommes avaient monopolisée. Votre amour de l'égalité et votre absence totale de préjugés à l'égard des genres et des races rendait scandaleuse l'ombre dans laquelle, vouées à élever des enfants, aller à l'église et servir leurs époux, elles étaient rejetées habituellement.

La messe proprement dite achevée, le prêtre et les fidèles s'approchèrent du cercueil. Le célébrant dit une oraison, tous entonnèrent ensuite le *Libera me, Domine.* Puis, pendant la récitation du Pater, l'abbé Sachot fit le tour du cercueil, brandissant son goupillon avec lequel il l'aspergea à nouveau d'eau bénite. Les antiennes traditionnelles *In paradisum* et *Chorus angelorum* furent entonnées avec une intensité particulière par une assemblée qui avait compris que la cérémonie approchait de sa fin.

Soudain, on vit Blanche, hiératique mais voûtée, se pencher légèrement vers le coffre contenant vos restes. Son visage, désormais à découvert, était fermé et pourtant d'une douceur inentamée. On put mieux distinguer ses traits fins, un teint d'une blancheur de craie, l'ovale parfait du visage strictement encadré par le tissu de son voile. Elle fit un geste impérieux, réclamant l'aspersoir sous les yeux étonnés et furieux du prêtre. Mère supérieure d'un couvent, elle avait certes le droit de procéder à cette bénédiction que cependant peu de femmes osent accomplir. Elle leva le manchon de bois et s'arrêta soudain dans son geste, le figeant dans une immobilité totale, à la stupéfaction visible de tous qui provoqua un silence épais, puis quelques murmures vite étouffés. Elle se contenta d'une inclinaison du buste, qui se prolongea quelques longs instants et se termina tout de même par un signe de croix. Pas de bénédiction à strictement parler, un hommage, d'une sobriété absolue, rendu par une femme à un homme.

Le flot sirupeux de l'assistance quitta lentement l'église. Sur le parvis, une trentaine d'entre nous sommes restés debout un bon moment, muets, presque immobiles, à nous saluer d'un hochement de tête, à tenter de nous reconnaître les uns les autres, à nous ressouvenir des circonstances. Tout cela dans la plus extrême tristesse. Blanche a quitté la nef la dernière, s'approcha de

107

moi qui l'avait indiscrètement attendue et me chuchota, sans un sourire :

-Notre présence valait bénédiction, ne trouvez-vous pas ? Cela suffisait…

Elle est partie d'un pas rapide et ne se retourna pas. Ma vue s'est brouillée. À cause de la pluie fine qui s'était mise à tomber durant la cérémonie et atténuait la touffeur de cette fin août. Les éléments s'étaient ligués afin de rendre cette journée inoubliable, au sens propre.

13

Cher Louis, j'étais parti de la supposition que, puisque vous avez reçu le baptême, et que vous avez servi à Saint Protais durant votre existence avec discipline et rigueur, vous aviez encore une foi chrétienne inaltérée, jusqu'à votre dernier souffle. Je n'exclus cependant pas que vous soyez allé plus loin. N'auriez pas tout jeté par-dessus bord, n'avez-vous pas exclu désormais Dieu lui-même de votre esprit ?

Cependant, le christianisme se décline sous des confessions variées qui se sont combattues et continuent parfois de le faire. Tentons quelques hypothèses.

Toutes vos entreprises en tant que compositeur, vos rencontres, vos interrogations montrent que vous vous êtes progressivement persuadé que nous n'avons pas à chercher à gagner l'amour ou les faveurs de Dieu par des actes précis que l'on exhibe pour signifier que l'on est un chrétien exemplaire. Seule la foi aide. Dieu nous aime absolument, comme le prouve le sacrifice suprême de Son fils. Son amour est au-dessus de tout, et n'a que faire de *Requiems* pontifiants, de *Tombeaux* grandiloquents, de *Messes* richement ornées. Ce décorum ne sert qu'à la gloire du compositeur, il est comme un repas trop copieux qui finit inéluctablement par être régurgité. Si la foi sauve, de ce fait, les hommes sont libérés de tout souci de bien faire. *Sola gratia* et *Ad solam Dei gloriam*. S'effacer et effacer son œuvre derrière la dédicace à Dieu. Par et pour la seule grâce divine, juste l'essentiel. Rien pour la mousse, le superflu, l'inutile, l'accessoire, qui ne sauraient servir à acheter la miséricorde puisqu'elle n'est pas à vendre.

Vendre, acheter, précisément… Je me suis posé la question qui n'a pas manqué de vous tarauder durant les semaines de votre agonie : ne doutez-vous pas aujourd'hui qu'on puisse entrer dans la grâce de Dieu par des dons qui se veulent désintéressés, et qui ne le sont souvent qu'en apparence ? Qu'on cherche à l'acquérir par des générosités bien calculées destinées à s'attirer Son attention bienveillante, une arithmétique des péchés et des richesses, un marchandage entre pardons et écus, un donnant-donnant purement mercantile, où à quelques *Pater Noster* vite expédiés répond une promesse muette de rédemption ? Bien sûr, il ne saurait être question de se vautrer dans le mal, d'enfreindre les commandements, de se rouler dans le crime en se disant que puisque les mauvaises actions et les méfaits ne changeront rien au destin de mon âme, autant ne pas s'empêcher, ne pas se contraindre. Mais l'observance de préceptes ne suffit pas. Il faut d'abord la Foi dans la Grâce pour que la Grâce puisse la raffermir.

Au fond de moi, j'ai compris que lorsque le chapitre me chargeait d'une enquête sur votre personne, il souhaitait que je lève le doute sur la solidité de votre engagement catholique et sa conformité absolue à la doctrine. Or, je suis aujourd'hui persuadé que vous avez rejeté l'idée d'un échange fructueux, pour le pécheur, entre quelques offrandes périssables faites sur cette terre contre un salut éternel dans le ciel.

Je suis convaincu que Blanche, après des pérégrinations chez les sceptiques et les agnostiques, a commencé à retrouver le credo de son enfance, ce catholicisme dont notre pays se targue d'être le porte-étendard et le zélé défenseur. De votre côté, à cette époque, votre esprit si entier, profond et honnête a été alors naturellement amené au bord de la Réforme. Or, en religion, surtout dans le rude temps présent, être au bord, c'est déjà être tombé. En la matière, avoir chuté, c'est être dedans, on ne reste jamais sur la ligne de crête. Les tièdes, les raisonneurs, les sceptiques, les lecteurs attentionnés des textes saints sont objets de suspicion et toujours mis dans le même sac, celui qu'il n'y a pas si longtemps, on cousait et on plongeait dans l'eau froide de rivières excrémentielles afin de les souiller et les engloutir tout à la fois. Mademoiselle de Sainte-Orse avait cherché à jauger la profondeur des sentiments qui commençaient de l'attacher à vous. Elle soupçonnait que vos convictions religieuses s'éloignaient des siennes et que vos centres d'intérêt respectifs, eux aussi, divergeaient. Quant à l'amour qu'elle a pu peut-être vous porter, y avez-vous un temps répondu ? Ou bien est-ce vous qui avez donné en premier des signes d'assentiment ? La réponse vous appartient, ainsi qu'à la pieuse abbesse.

Oui, ma conviction est faite. Vous avez été dans la tentation intellectuelle de l'hérésie et du schisme – je reprends les termes menaçants des tenants intraitables de l'orthodoxie romaine qui condamne l'agnosticisme, les autres confessions chrétiennes et toutes les autres croyances. Vous avez aussi été dans celle du désir, de l'attirance pour une autre vie que musicien d'église ou de cour.

La discrétion que vous avez mise dans votre vie, la retenue qui respire dans toute votre musique et inspire l'auditeur, l'interdiction que vous vous êtes imposée dans vos compositions volontairement cantonnées à des pièces de clavier exprimant surtout votre amour de la liberté et le respect que vous avez de la liberté de l'interprète, avec l'évanescence de la barre de mesure, peuvent s'expliquer selon moi par l'incertitude profonde dans laquelle vous êtes désormais quant à votre catholicisme et à toutes ses injonctions solennelles, ses exhortations contraignantes.

Je ne ferai qu'une prière, qui exprime tout le mal que je vous souhaite : en supposant que Dieu existe, si vous êtes dans Sa grâce, qu'Il vous y garde, si vous n'y êtes pas, qu'Il vous y mette. Vous avez été si visiblement libéré de l'obsession de faire vos preuves, de l'angoisse de n'être pas à la hauteur, d'une surenchère vis-à-vis de vos propres capacités qui vous aurait obligé à chercher sans fin une complexité croissante dans la musique que vous écriviez. Depuis quelques mois, quelques années peut-être même, vous avez enfin voulu faire l'expérience de la véritable liberté, celle d'être libéré de vous-même.

De votre conversion intérieure, je n'ai aucune certitude, seulement un fort soupçon. La remarque que m'a glissée Blanche de Sainte-Orse sur le parvis de Saint-Gervais et Saint-Protais renforce ma suspicion : chez les protestants, point besoin de bénir le mort, il n'y a même pas nécessité de disposer du corps de celui qui vient de passer. Lui rendre un hommage muet, sincère, profond, est l'essentiel. Elle avait perçu chez vous un possible basculement spirituel, et surtout l'a respecté. L'a-t-elle un peu provoqué, ou bien est-ce vous le tentateur ? Ne vouliez-vous pas aller plus loin avec elle ?

Le mot « soupçon », qui sonne si juridique et policier, n'est au demeurant pas pertinent. Là où vous vous trouvez, vous avez peut-être déjà un début de réponse. Là où je me trouve, je ne juge pas, je ne sais pas. J'observe le précepte biblique : « Ne jugez pas et vous ne serez point jugés. Ne condamnez point et vous ne serez point condamnés. » Et à vrai dire, je ne me pose aucune question de cette nature, convaincu qu'il sera toujours trop tôt pour lever le coin du voile : la mort est un messager pressé, qui vient trop tôt, elle interrompt intempestivement nos tâches et nos entreprises. La nature de Dieu, l'octroi aléatoire de sa Grâce, sa gratuité ou son prix, l'essence spirituelle de la Sainte Communion, la réalité de la transsubstantiation, cette surprenante mutation de pain en chair, toutes ces interrogations lointaines m'intéressent moins en ce bas monde que la recherche privée et discrète de la Justice, de la Vérité et de la bonne vie pour tous mes semblables. Pardon, non pas la bonne vie, mais la vie bonne chère aux philosophes antiques et à notre bon Saint Thomas d'Aquin, le docteur angélique, une question qui devrait intéresser d'abord les théologiens et des religieux qui sont parfois si peu sensibles au bonheur de leurs ouailles.

S'agissant des certitudes et des jugements solidement fondés, je ne peux me prononcer qu'en matière d'art et de sons. Mener une existence droite au service d'un art qui mérite amour et respect, c'est peu, c'est beaucoup, c'est suffisant. Et qui sait, avoir l'ambition de fonder une famille, cultiver l'amitié de quelques-uns… Ces projets ne furent-ils pas aussi, profondément, les vôtres, que vous avez tus par souci de discrétion et de sécurité personnelle ? On ne sait jamais, l'absolutisme frappe presque partout les esprits pensants ou sceptiques. Il est des songes interdits, indicibles, si on veut vivre dans la quiétude spirituelle et accessoirement physique.

J'ai laissé derrière moi l'Église, au sens propre et au sens figuré. Je vais aussi quitter la capitale. Mon cher clocher de Saint-Gervais et Saint-Protais ne sera plus visible de la fenêtre de ma chambre. Ce n'est pas grave, mes repères ne sont guère géographiques, désormais. Je vivrai où ma musique me portera.

Une proposition m'a été faite, celle de tenir l'instrument d'une riche paroisse de Marseille. La ville est la plus rebelle du royaume. Louis XIV s'y est rendu il y a à peine un an pour tenter de mettre fin aux troubles, il a annoncé qu'elle sera soumise à une occupation militaire et pas seulement à la protection de sa célèbre Notre-

Dame. La porte Réale devant laquelle les comtes de Provence puis les rois de France devaient jurer de respecter les libertés de la ville avant d'y pénétrer a été abattue. Deux forts ont été construits à l'entrée du port. Le Roi-Soleil a fait symboliquement son entrée dans Marseille par une brèche ouverte dans les remparts comme si la ville devait être conquise.

Ces turbulences, reliquat des guerres de religion, expliquent sans doute que l'église qui veut me proposer un poste ne parvient pas à retenir les titulaires de ses orgues. Me voilà *ipso facto* sur mes gardes, sans jeu de mots avec la protectrice de la cité phocéenne, attentif à ne pas me laisser maltraiter, abuser ou enrôler en des querelles douteuses. Au moins, il y aura du soleil s'il n'y a pas la chaleur de rapports professionnels cordiaux. Je ne doute pas d'y nouer des relations personnelles chaleureuses.

De mon enquête, je vais rendre au chapitre qui en a été le commanditaire quelques conclusions banales et sans portée menaçante pour votre mémoire. Je protégerai ainsi votre renommée *post mortem* et, du même mouvement, votre fratrie en quête de postes et de charges. Des puissants abbés matois et calculateurs à la tête de notre église, je me méfie beaucoup, craignant par-dessus tout l'arbitraire d'un pouvoir religieux qui s'abat sur les opinions et les croyances qu'il voudrait par nature contrôler et, le cas échéant, interdire et même persécuter. Ils seront sans doute déçus de ne rien de consistant à se mettre sous leurs dents prêtes à déchirer les réputations ou dans leur bouche prompte à prononcer des condamnations. Personne ne doit rien savoir. Personne ne doit deviner qu'il y a eu à la fin de votre courte vie, un chemin possible, à l'abri du rempart d'une autre foi ou, au contraire, infiniment plus profane. Il l'aurait changé spirituellement, du tout au tout. Il aurait aussi bouleversé votre existence, et le regard porté sur elle rétrospectivement. Ce chemin, vous avez hésité à le suivre, vous l'avez peut-être emprunté un instant, au tréfond de votre cœur. L'avez-vous seulement rêvé ?

Quoiqu'il en soit, il a constitué votre ultime tentation, cher maître, cher Louis Couperin. Reposez en paix.